Né en 1937 à Istanbul, Petros Markaris a étudié l'économie avant de commencer à écrire. Auteur de théâtre, créateur d'une série très populaire pour la télévision grecque, il a collaboré comme scénariste avec le réalisateur Theo Angelopoulos (*L'Apiculteur, Ulysse…*) et a traduit en grec des œuvres littéraires de Brecht et de Goethe, notamment le *Faust I* et *Faust II* en vers. Les enquêtes du commissaire Charitos sont largement traduites et sont des best-sellers en Grèce et en Allemagne.

DU MÊME AUTEUR

Journal de la nuit
Jean-Claude Lattès, 1988

Une défense béton
Jean-Claude Lattès, 2001

Le Che s'est suicidé
Seuil Policiers, 2006
et « Points Policier », n° P1599

Actionnaire principal
Seuil Policiers, 2008
repris sous le titre
Publicité meurtrière
« Points Policier », n° P2455

L'Empoisonneuse d'Istanbul
Seuil Policiers, 2010

Liquidations à la grecque
Seuil Policiers, 2012
et « Points Policier », n° P3123

Le Justicier d'Athènes
Seuil Policiers, 2013
et « Points Policier », n° P3330

Petros Markaris

PAIN, ÉDUCATION, LIBERTÉ

ROMAN

*Traduit du grec
par Michel Volkovitch*

Éditions du Seuil

TEXTE INTÉGRAL

TITRE ORIGINAL
Psomi, Paideia, Eleftheria
© original 2012, Petros Markaris & ΕΚΔΟΣΕΙΣ ΓΑΒΡΙΗΛΙΔΗΣ
Éditions Gabrièlidès, Athènes
pour la langue grecque
© original : 2013, Diogenes Verlag AG, Zurich, sauf pour le grec

ISBN 978-2-7578-5174-6
(ISBN 978-2-02-112543-6, 1ʳᵉ publication)

© Éditions du Seuil, 2014, pour la traduction française

Le Code de la propriété intellectuelle interdit les copies ou reproductions destinées à une utilisation collective. Toute représentation ou reproduction intégrale ou partielle faite par quelque procédé que ce soit, sans le consentement de l'auteur ou de ses ayants cause, est illicite et constitue une contrefaçon sanctionnée par les articles L. 335-2 et suivants du Code de la propriété intellectuelle.

*Ils se sont partagé mes vêtements
Et ils ont tiré au sort ma tunique*

Jean, 19,24

À la mémoire de Theo Angelopoulos.

1

Elle le tient dans sa main gauche et sa paume glisse dessus avec douceur, comme pour lisser un papier froissé. En le touchant, la main tremble.

— Vous allez me croire ? murmure-t-elle. Il m'a manqué.

Ce qu'elle tient, c'est un billet de mille drachmes, pareil à celui que nous connaissions jadis, avec le Discobole dessus.

— Maman, dit Katérina, avec ça, demain, tu ne pourras même pas te payer un café.

Demain, ce sera le 1er janvier 2014. Nous sommes au dernier jour de 2013 et je m'apprête à découper le gâteau en compagnie de ma femme Adriani, de ma fille Katérina, de mon gendre Phanis et de ses parents, Sevasti et Prodromos.

— Réfléchis, répond Adriani, c'est tellement plus gratifiant d'avoir mille drachmes pour payer son café, au lieu de trois euros !

— Sauf que l'euro vaut cinq cents drachmes…

— Ne lui casse pas le moral, souffle Phanis.

— Dès demain il sera cassé.

— Eh bien, attendons demain, répond sèchement Phanis.

— Ma petite Katérina, intervient Sevasti, nous avons

vécu tout cela nous autres, nous sommes blindés. Tu sais combien de milliers de drachmes ma mère payait le kilo de riz après la Guerre civile ? Prodromos, tu te souviens combien coûtait le kilo de riz avant la dévaluation de Markezinis ?

— Bientôt tu vas me demander combien de canons avait le cuirassé *Averoff,* répond son mari.

La discussion s'arrête là, car Adriani va chercher le gâteau et les fruits secs, et Katérina s'empresse d'aller l'aider, comme toujours.

Quant à moi, j'hésite et laisse parler, en attendant de voir de quel côté penche la balance. Je comprends l'angoisse de Katérina devant ce passage de l'euro à la drachme. Je comprends aussi le sang-froid d'Adriani et de Sevasti. Nous avons traversé des périodes noires avec la drachme et tenu bon, disent-elles. D'accord, mais cette fois, c'est comme si l'on quittait une maison pour un petit studio. Pas facile.

Adriani et Katérina reviennent, tels des serveurs de restaurant chic, chacune portant la moitié des victuailles.

Au même instant on sonne et Lambros Zissis fait son entrée. Nous avons décidé ensemble de l'inviter, pour ne pas le laisser seul un 31 décembre avec ses idées noires : demain, sa misérable retraite se sera un peu plus évaporée. Ce qui ne l'a pas empêché de nous apporter aujourd'hui une coupe à fruits en cadeau.

C'est l'occasion d'échanger les nôtres.

— Les derniers cadeaux achetés en euros, commente Adriani.

— Raison de plus pour t'offrir quelque chose d'utile, dit Katérina à sa mère en lui tendant son paquet.

Adriani en sort un gros portefeuille.

— Tu auras plein de compartiments pour bien ranger tes petites drachmes chéries, dit Katérina en riant.

— Nous revenons aux gros portefeuilles vides, conclut sa mère.

Je prends la parole.

— Zissis, tu ne dis rien ?

— Je devrais dire quoi ?

— Que tu peux vivre avec presque rien. Toi, tu as la technique.

— On survit, mais c'est dur. On peut faire bonne figure par fierté, mais c'est dur.

Pour la première fois, Lambros reconnaît que sa vie n'est pas facile.

Les autres cadeaux sont des classiques. Pulls, chemises, chemisiers, cravates, mais voilà que Katérina dépose devant moi un grand sac en plastique.

— De la part de Phanis et moi.

J'essaie de deviner le contenu tandis que tous deux rient sous cape, puis j'extrais du sac un ordinateur portable.

Tout le monde s'exclame.

— Qu'est-ce que je vais en faire ? dis-je.

— Il est temps que tu deviennes indépendant de Koula.

— Vous avez dépensé vos derniers petits euros pour ça ? Moi, les ordinateurs, je n'y connais rien. Je n'ai même jamais touché à une machine à écrire. Je suis un manuel.

— Ce n'est pas sorcier, dit Katérina. Koula t'apprendra.

Je me souviens alors que si j'étais devenu sous-directeur de la Sûreté, l'ordinateur aurait été inclus dans la promotion. Mais il n'y a pas eu d'avancement, ni pour Guikas ni pour moi. On a changé de gouvernement, et les nouveaux ont placé leurs copains.

— On s'est fait avoir, Kostas, m'a dit Guikas, furieux. J'avais tout calculé, sauf les élections. Je ne te cache pas que j'ai des soutiens, mais là il faudrait en avoir dans chaque parti. C'est pratiquement impossible.

Je me suis demandé s'il était furieux pour moi ou pour lui. Quoi qu'il en soit, nous nous sommes mis d'accord sur la vieille sentence de mon père : « Qui vit d'espoir meurt dans sa merde. »

Non, cette promotion ratée ne me plonge pas dans la déprime, mais si je pouvais toucher chaque mois quelques drachmes de plus, je ne m'en plaindrais pas.

Chassant les pensées désagréables, je rejoins les autres à table pour découper le gâteau. Je l'attaque en même temps que les vœux de la télévision, distribue les parts, chacun appuie dessus pour voir s'il a la fève et pour finir c'est Zissis qui annonce :

– C'est moi qui l'ai.

– L'année sera bonne pour toi, oncle Lambros, lui dit Katérina au milieu des vivats.

– Si c'est la chance qui vient, elle a mis le temps, répond Zissis, qui accueille les vœux de tous avec son ombre de sourire.

– Seigneur, qu'est-ce que c'est ? s'écrie soudain Adriani.

La fête sur la place Syntagma a disparu de l'image, remplacée par un nuage de papiers volants.

– Ça alors, des drachmes ! s'écrie Sevasti.

En effet, on voit voler des faux billets de cent, mille ou cinq mille drachmes.

– Les drachmes tombent du ciel ! s'exclame le présentateur, enthousiaste, tandis que le public massé sur la place acclame l'événement.

– Ils sont fous, remarque Prodromos. Ils applaudissent à notre perte.

– Et si on allait voir ? propose Sevasti.

– Oui, oui, allons-y, dit Adriani. On va s'amuser.

– Nous avons deux voitures, dit Phanis, on tiendra à l'aise.

À voir sa tête, on sent qu'il compte bien s'amuser, lui aussi. Le problème cependant n'est pas nos voitures, mais les embouteillages en route.

Nos craintes sont démenties : ça roule bien, et nous arrivons sans encombre jusqu'à la rue Riyillis. À la hauteur du Cercle des officiers, un agent de la circulation nous arrête.

– N'allez pas plus loin, monsieur le commissaire. L'avenue Vassilissis Sofias est fermée.

– Nous pouvons laisser nos voitures ici ? C'est la mienne et celle de mon gendre.

– Laissez-les, je veille sur elles. Offre gratuite à un collègue, ajoute-t-il en riant, histoire de me rappeler que les pots-de-vin, contribution nationale, continueront avec la drachme.

On avance bien jusqu'à la rue Solonos, mais vers l'hôtel Megali Vretania nous sommes bloqués. De là nous voyons un nouveau nuage de billets s'égailler dans le ciel comme un vol de colombes.

– Des pesetas, précise le présentateur depuis l'estrade. Hommage à nos amis espagnols qui font la fête avec nous.

L'orchestre attaque une chanson espagnole, tandis que sur le trottoir d'en face un groupe de jeunes filles s'éclate au rythme de la musique, les yeux levés vers la terrasse de l'hôtel.

– Alors, les filles, c'est la fête ! leur dit Adriani.

– Il y a là-haut une équipe allemande qui nous filme, lui explique une blonde de vingt ans. On veut leur montrer qu'on les emmerde et que même avec la drachme on fait la fête. Eux, faire la fête, ils ne savent pas.

– Nous fêtons notre désespoir, dit Katérina pour elle-même. C'est incroyable.

Zissis lui prend le bras et lui parle à mi-voix, pour ne pas être entendu des autres :

— Quand les nôtres sont partis en exil avec les débris de l'Armée démocratique, ils ont fêté leur retour avant même d'atteindre Tachkent. En arrivant, ils ont compris quelles années noires les attendaient.

— Ce n'est pas une fête, oncle Lambros, dit Phanis. C'est de la haine. Cent ans après la Première Guerre mondiale, la haine envahit de nouveau l'Europe.

Encore un lâcher de billets dans le ciel.

— Des lires pour nos amis italiens. Pour qu'ils sachent que nous sommes avec eux et qu'on pense à eux.

L'orchestre enchaîne sur une chanson italienne.

— Je peux demander, monsieur ? me dit un Noir qui suit le spectacle à côté de nous en compagnie de sa femme.

— Vas-y.

— Moi et ma femme on a donné cinq mille dollars pour venir. Et maintenant c'est drachme. Cinq mille dollars pour drachme ?

— *Sélavi*, lui dit sa femme, qui le tient par le bras.

Je demande à Katérina, qui a fréquenté l'Institut français de Thessalonique, ce que *sélavi* veut dire. Elle traduit.

Très juste. C'est la vie aujourd'hui. Et demain ?

2

Zissis avait raison. Notre Tachkent à nous commence le 1ᵉʳ janvier. Aucun délai de grâce ne nous est accordé, même pas pour s'installer dans notre nouveau camp de réfugiés virtuel. Nous ne sommes pas torturés par les instructeurs politiques du Parti, comme à l'époque, mais par nos instructeurs d'aujourd'hui : les médias, télévision en tête.

Adriani s'est enfermée dès le matin dans la cuisine pour préparer le déjeuner du Nouvel An. Nous avons décidé de manger tous ensemble, parents, beaux-parents et enfants. D'autant que Prodromos et Sevasti logent chez nous, dans l'ancienne chambre de Katérina, car ils ont laissé leur appartement de Koukaki à Mania, laquelle a fait du sien un bureau pour elle-même et Katérina.

Ne voulant pas rester dans les jambes d'Adriani quand elle cuisine, car elle s'énerve et me crie dessus, je me suis installé dans le séjour en tête à tête avec la télévision. J'étais encore secoué par l'émission de la veille, avec ses faux billets dansant dans l'air, ses clameurs et ses applaudissements. Ces gens se réjouissaient de notre malheur, mais ils se réjouissaient.

J'espérais voir la suite, mais au lieu des faux billets, cette fois, je me suis trouvé devant deux quadras et le vice-ministre des Finances au milieu. Ils lui ont demandé d'abord combien de temps les banques resteraient fermées, si les dépôts des Grecs étaient garantis et si l'État avait de quoi payer les salaires et les retraites. Les questions pleuvaient sur le vice-ministre, mais c'est moi qui prenais les baffes et j'en avais le vertige.

Prodromos s'est assis à côté de moi sans un mot. Moins patient que moi, il a bientôt pris la télécommande et zappé. Nous avons vu un couple dans les soixante-dix ans qui fouillait les ordures avec un bâton. Apercevant la caméra, ils ont tourné le dos en cachant leur visage.

– Les premières images de 2014, a commenté le reporter.

Les enfants sont bientôt arrivés, heureusement, pour détendre l'atmosphère. Adriani avait préparé de l'agneau avec des pommes de terre au four, et Sevasti des feuilles de chou farcies, sa spécialité, laissant à Katérina le plus facile : la salade.

– Nos poches sont vides, Phanis, a remarqué Katérina en riant, mais les tomates et les choux que nos mères cuisinent sont bien remplis ! Il faut que j'apprenne moi aussi, autrement j'aurai des complexes.

– Je te conseille plutôt la tourte aux herbes ou le riz aux poireaux, a dit Sevasti. On ne mangera bientôt plus que ça.

– Arrête, Sevasti, a dit Prodromos. Pour nous casser le moral, on a déjà la télé.

Elle s'est tue.

Aujourd'hui, reprise du travail, dix heures et demie du matin et je suis seul dans mon bureau. J'ai confié mon ordinateur à Koula. Vlassopoulos, arrivé en retard, vient me présenter ses vœux.

– Et longue vie à votre ordinateur, monsieur le commissaire.

Une pause, puis il reprend en souriant :

– Cela fait des années que je le dis : vous êtes original à votre façon.

– Original ? Parce que ma fille et mon gendre m'ont offert un ordinateur que je ne sais même pas allumer ?

– Allons, allons. Nous allons tous revenir, nous autres, au crayon qu'on mouille de salive, comme mon grand-père dans son poste de police au fond de la province, tandis que vous, avec votre ordi, vous serez comme un nabab.

– D'accord, mais il faut qu'on m'offre aussi un générateur.

– Pourquoi ?

– Comment le faire marcher, l'ordinateur, quand commenceront les coupures de courant ?

– Ces machines-là ont des batteries, monsieur le commissaire.

Il sourit, l'air supérieur.

– Avec des coupures de quatre ou cinq heures, tu verras les batteries.

Je l'ai mouché, mais en même temps je me dis que les émissions d'hier à la télévision m'ont plus influencé, finalement, que la fête et ses billets volants.

Sur ce, Koula entre avec l'ordinateur et le branche.

– On l'allume comme ça. Normalement il y a un code. J'ai fait le nécessaire pour que vous ne le donniez pas à chaque fois, mais le système peut vous le demander à tout moment, on ne sait jamais. Je vous l'ai écrit, tenez.

Je prends le papier qu'elle sort de la poche de son jean. Elle m'apprend à manier la souris, puis elle me montre une icône sur l'écran.

– Celle-là, je ne sais pas ce que c'est. Il faudra demander à Katérina. Pour les autres, j'ai tout noté.

Commencez à l'explorer, à jouer avec. Plus vous jouerez, plus vite vous apprendrez. Et n'oubliez pas : l'ordinateur est le plus intelligent des idiots. C'est vous qui allez le rendre idiot ou intelligent.

Si cela dépend de moi, me dis-je, il est foutu. Lui et celui de Guikas feront la paire.

Koula se retire, je prends la souris et j'essaie d'attraper l'icône, mais elle m'échappe à tous les coups. Je sens se développer entre nous la même relation qu'entre un assassin en fuite et moi qui cours derrière. Mais la poursuite est interrompue par le téléphone, et c'est Guikas.

– Le ministre nous attend.

– Qu'est-ce qu'il veut ? Nous la souhaiter bonne et heureuse ? dis-je à Guikas quand nous nous retrouvons dans sa voiture.

– À en juger d'après la seule fois où je l'ai vu, c'est peu probable. Sois prudent avec lui, il joue les durs. Ça lui passera, le temps de se ramasser deux ou trois fois.

Une telle réponse laisse présager un climat de guerre froide. Et c'est le cas.

La secrétaire nous conduit dans la salle de réunion, où je constate que nous sommes au complet. Il y a là Lambropoulos de la Délinquance électronique, Peressiadis des Stups, Esperoglou, commandant des MAT et Gonatas, nouveau directeur de l'Antiterrorisme, remplaçant de Stathakos parti à la retraite, bon débarras.

Nous échangeons poignées de main et vœux de bonne année, bien que nul ne croie qu'elle sera bonne, et nous attendons. Bientôt arrivent le chef et le sous-chef. Nouveaux vœux, nouvelle attente.

– Il le fait exprès, pour nous montrer qui est le patron, remarque Lambropoulos. J'espère me tromper, mais nous allons voir pire encore.

Le chef et le sous-chef ne relèvent pas, nous non plus.

Nous avons épuisé tous les sujets de conversation et jusqu'à la moindre miette de patience, quand la porte s'ouvre et le ministre fait son entrée. Il lance « Je souhaite à tous une bonne année » d'un ton expéditif, puis il s'assoit et son regard nous passe en revue.

– Je sors du Conseil des ministres, d'où mon retard, dit-il.

Puis, d'un ton solennel :

– Messieurs, le Conseil des ministres a décidé la suspension des paiements pendant trois mois.

Silence. Il guette nos réactions. Mais quelle réaction attendre d'hommes frappés d'apoplexie, qui ne peuvent même pas remuer le petit doigt ? Les coupes répétées dans les salaires et les retraites n'étaient que le prélude, et voici la grande attaque. Heureusement que je n'ai pas de prêt immobilier à rembourser, me dis-je. Je dois deux traites pour la voiture, d'accord, mais quel concessionnaire va reprendre une voiture pour si peu ? L'argent que j'ai à la banque me permet de tenir trois mois, et je peux même faire traîner un loyer. Mais qui me dit que la suspension prendra fin dans trois mois ? La parole de l'État grec a autant de valeur que celle d'une voyante. Trois mois peuvent devenir trois trimestres.

Je m'inquiète surtout pour Katérina et Phanis. Le salaire de mon gendre, ou ce qu'il en reste, est leur seul revenu et je ne sais s'ils pourront tenir trois mois. Le presque rien que gagne Katérina, elle le partage avec Mania. Le bureau d'aide psychologique et juridique aux drogués qu'elles viennent de fonder a de la peine à démarrer. Il va falloir que j'en parle à Adriani. Sa spécialité à elle, c'est d'inventer des solutions.

Je regarde les visages qui m'entourent. Sombres,

tous. Retrouver notre salaire entier au bout des trois mois ? Aucun d'entre nous n'y croit.

— Je dois vous dire aussi, poursuit le ministre, que les banques resteront fermées le temps d'effectuer un passage en douceur de l'euro à la drachme. Les retraits aux distributeurs de billets sont autorisés pour des sommes ne dépassant pas cinquante mille drachmes, soit cent euros. Je comprends à quel point tout cela est difficile, mais nous n'avions pas le choix.

Aucune réaction. Nous écoutons avec le fatalisme des hauts fonctionnaires qui n'entendent même plus le baratin des ministres.

— Toutes les forces de police sont en alerte pour prévenir les troubles. À partir d'aujourd'hui vous serez tous à la disposition du chef de la police et affectés là où il le décidera.

Il s'arrête pour voir comment nous buvons la coupe amère. Constatant que nous avalons en silence, il poursuit :

— Je viens d'avoir une vidéoconférence avec mes collègues d'Italie et d'Espagne. Nos trois pays vont suivre une ligne commune.

— Ils vont suspendre les paiements, eux aussi ? demande Lambropoulos.

— L'Espagne oui, l'Italie non. Mais les banques vont fermer provisoirement dans les trois pays. C'est tout ce que j'ai à dire. Je vous rappelle que vous êtes à la disposition du chef de la police. Je ne veux pas que des représentants des polices européennes venus nous voir trouvent Athènes livrée au chaos. Vous comprenez ce qui nous reste à faire.

C'est la première fois que je tombe sur un ministre qui prétend décider de tout sans demander l'avis de personne. Et ce au moment où notre corps est dans une telle détresse que tout peut exploser à tout moment. Nous sommes face à un caractériel et nous n'allons pas tarder à nous ramasser en beauté, nous ridiculisant aux yeux de la Grèce entière.

— Tu as vu, me dit Guikas tandis que nous remontons dans sa voiture. Je te conseille d'être exemplaire. Avec ce type, les écarts ne pardonnent pas et je ne suis pas en mesure de te couvrir. Tu dois savoir ce qui t'attend.

— Ces policiers européens qui viendront nous voir, c'est qui ?

— Je ne sais pas au juste. Des gros bonnets, sûrement. Plus gros que nous, donc nous ne sommes pas concernés.

Il le dit avec amertume : on vient de lui barrer l'entrée dans le club des gros bonnets.

3

Apparemment, il est écrit que l'ordinateur et moi ne sommes pas faits l'un pour l'autre. Je viens de l'allumer quand le téléphone sonne. C'est Esperoglou, le commandant des MAT.

– Nous descendons tous à la place Syntagma. Ordre du chef.

– Qu'est-ce qui se passe ? Une manif ?

– Un rassemblement international. Deux groupes de choc sont venus d'Espagne et d'Italie pour manifester avec les nôtres. J'ai bien peur que ce ne soit une répétition générale.

– Avant quoi ?

– Avant la guerre entre Nord et Sud. Les États-Unis débarquent en Europe avec un siècle et demi de retard.

– À moins qu'on ne revive la Première Guerre mondiale cent ans après.

– L'un n'empêche pas l'autre, répond-il, fataliste. Tu me trouveras devant le Parlement. Viens me voir, que je te dise où te placer.

– Je prends combien d'hommes ?

– Tu en laisses un pour garder la maison.

J'ouvre l'armoire et enfile mon uniforme. J'en ai un second, chez moi. Koula étant chargée de garder les lieux, je prends avec moi mes deux adjoints, Vlassopoulos et Dermitzakis, plus un certain Papadakis qu'on m'a amené trois mois plus tôt. Il est dans le métier depuis dix ans, mais sans piston. Ceux qui en ont se trouvent une planque et se la coulent douce. Lui a eu le choix entre un quartier pourri et la Brigade criminelle. Il a choisi celle-ci, étant donné qu'entre deux maux, on choisit le moindre. Je ne suis pas sûr, dans la situation actuelle, qu'il ait fait le bon choix.

L'avenue Vassilissis Sofias est vide et nous arrivons en un temps record au Parlement.

– Vous êtes peu nombreux, nous dit Esperoglou. Vous pourriez vous répartir dans l'avenue Stadiou et la rue Ermou. Si vous voyez des casseurs se pointer, vous nous prévenez tout de suite. Puis vous gagnez les petites rues et on s'en occupe nous-mêmes. Attention, ne les provoquez pas, ils vous tomberaient dessus. La manifestation part de Polytechnique et gagne Syntagma en passant par l'avenue Stadiou. Ceux-là, on les laisse passer.

J'envoie Vlassopoulos et Dermitzakis rue Ermou et emmène Papadakis avec moi dans l'avenue Stadiou, lui au coin de la rue Voucourestiou et moi devant la statue de Kolokotronis.

Les magasins étant fermés ce 2 janvier, l'avenue est presque déserte. Deux septuagénaires venus de l'ancien Parlement s'arrêtent devant moi.

– Ce n'était pas la peine de rameuter toute la police, me dit l'un d'eux. Il y aura trois pelés et un tondu, tu verras. Les gens ne s'en sortent pas de la misère et du désespoir. Comment trouver le courage d'aller manifester ?

– Vous avez de la chance que les supermarchés soient fermés aujourd'hui, me dit l'autre. Dès demain ce sera la ruée. Les gens se jetteront sur tout ce qu'ils trouveront et vous servirez de vigiles dans les grandes surfaces.

Je fais la sourde oreille et ils s'éloignent, déçus, tandis que j'entends la rumeur de la manif qui se rapproche.

Le vieux avait vu juste : ils ne sont guère plus de mille. Tous jeunes, trente ans au plus. En tête, nos compatriotes avec deux banderoles : « Fini l'esclavage de l'euro » et « La pauvreté c'est dur, la drachme ça rassure ». Au deuxième rang, deux garçons et une fille brandissent des mannequins à l'image des membres de la Troïka sous une autre banderole disant « Bon débarras ».

Suivent les étrangers avec leurs propres slogans, mais tous donnent l'impression d'accomplir leur devoir sans vibrer d'enthousiasme.

Quelques rares passants les applaudissent, lancent un bravo isolé. À côté de moi, une équipe de télévision et une reporter s'approchent des manifestants qui se sont arrêtés pour crier des slogans.

– Pourquoi avez-vous décidé de manifester deux fois pour la drachme, le 31 décembre d'abord, puis le 2 janvier ? demande la reporter à un jeune homme.

– Nous voulons envoyer un message aux peuples du Sud. La fin de 2013 a vu l'horizon s'ouvrir, pour la première fois depuis des années. Et l'horizon s'ouvre aussi en ce début d'année, annonçant des lendemains meilleurs. Nous sommes ici unis dans la lutte, Grecs, Italiens, Espagnols, sans oublier les Portugais et les Chypriotes, qui ne se trouvent pas aujourd'hui avec nous.

La reporter se tourne vers un jeune Italien :

– *Why did you come to Greece to celebrate ?*

– *Italy is not like Greece,* répond l'Italien. *Italy is the third economic power in Europe. But now Italy like Greece. So we come to Greece. To fight for liretta, for drachma, for peseta. Fuck the euro.*

La reporter traduit. La dernière phrase, dit-elle, n'a pas besoin de traduction. Puis elle s'approche d'une jeune femme du groupe espagnol, qui se fait traduire par une amie :

— J'entends ma mère et ma grand-mère parler de la peseta et je comprends que c'était quelque chose de réel, avec ses bons et ses mauvais côtés. Ma génération a grandi dans un rêve, qui lui donnait tout, et se réveille maintenant dans un cauchemar, qui lui reprend tout. Nous ne voulons ni le rêve ni le cauchemar. Nous voulons la réalité.

Ne voyant de casseurs nulle part, je suis le cortège, qui entre sur la place Syntagma et s'arrête devant le Parlement. Les slogans fusent, les MAT observent à distance. Je passe et rejoins Esperoglou.

— Qu'est-ce qu'on fait ?

J'espère que notre mobilisation s'arrêtera là.

— On reste tant qu'ils restent. Mais je ne les vois pas tenir longtemps. Ils vont crier leurs slogans, faire un peu de raffut pour sauver l'honneur et ils s'en iront.

— La suspension des paiements ne les embête pas ?

Il me regarde comme si je tombais de la lune.

— La plupart sont chômeurs et ceux qui travaillent ne sont plus payés depuis des mois. Pour eux, c'est la routine.

Nous attendons, fatalistes, que la manif s'effiloche, mais là, surprise : venant de l'avenue Amalias, soudain, on entend des cris et du bruit.

— Qui c'est, ceux-là ? crie Esperoglou dans son talkie-walkie.

Les cris se rapprochent et l'on voit bientôt apparaître sur la place un groupe de vieux. Ils n'ont pas de banderole, mais crient des slogans.

— Des retraités ? s'étonne Esperoglou. Ils viennent pour la drachme, eux aussi ?

Le premier slogan le contredit aussi sec.

— Rendez-nous l'euro ! clame un retraité.

— L'euro nous donne des miettes. La drachme, des clopinettes ! Rendez-nous nos miettes !

— Troïka, taille-toi ! Euro, reste là ! crie un troisième en montrant les mannequins.

— Formez un mur entre eux ! crie Esperoglou dans son talkie-walkie.

Je le suis, mais à distance : je joue là un rôle subalterne et ne dois me mêler de rien.

— Petits voyous ! s'écrie une vieille dame. Vous et vos pères, vous nous avez replongés dans la drachme et maintenant vous faites la fête !

— J'ai travaillé en Allemagne dix ans, dit un septuagénaire à la reporter qui le vise avec son micro. C'est la drachme qui m'a envoyé au mark, pas l'euro. Ma fille et mon gendre ont grandi dans du coton comme ceux-là, qui voient maintenant la pauvreté et veulent revenir à la drachme, car ils ont tellement peur qu'ils se pissent dessus. Avec l'euro nous avons eu de grands moments, avec la drachme je me souviens seulement de la pauvreté et de la faim.

— C'est quoi, ça, grand-père ? s'écrie un jeune en lançant une poignée de papiers, reste de la veille.

— Des fausses drachmes, répond un vieux. De celles que nous allons toucher désormais.

— Tu touches une pension d'aveugle, papy ? lui crie une jeune fille.

— Et ton pote, là, une pension d'invalidité ? demande un garçon.

Allusion à tous ces faux aveugles et faux invalides qui se sont fait repérer l'an dernier.

Les étrangers ont interrompu leurs slogans et suivent en chuchotant ce dialogue.

— Ne les dispersez pas, dit Esperoglou dans son talkie-walkie. Repoussez-les seulement si nécessaire. Je ne veux pas que demain la moitié des chaînes dise qu'on a cogné sur des petits vieux et l'autre moitié qu'on a tabassé des jeunes chômeurs.

— Les pensions d'aveugle et d'invalidité, levez la main ! crie une jeune femme.

— Il faut que je parle aux vieux, me dit Esperoglou. Je vais tâcher de les convaincre de rentrer chez eux.

Il se dirige vers les manifestants.

— On va voir si vos papas pourront vous payer une voiture quand vous aurez le bac, comme l'a fait mon fils pour son petit chéri, s'écrie une femme aux cheveux blancs.

— Nous, on a sué toute notre vie pour une retraite de merde ! lance un autre vieux aux jeunes.

— À quel âge, votre retraite, quarante ans ? rétorque un jeune barbu.

On va bientôt voir grands-parents et petits-enfants s'empoigner.

Les papiers qui volent et les drachmes dans la poche, ça fait deux, me dis-je.

Je vois de loin Esperoglou parler aux vieux, qui se concertent. Il semble les avoir convaincus, car ils se retirent.

Les jeunes reprennent leurs slogans, mais l'enthousiasme est retombé. Esperoglou revient vers nous.

— On a évité la bagarre, grâce au ciel, me dit-il, soulagé.

Vers six heures, les manifestants commencent à plier leurs banderoles, comme des baigneurs sur la plage qui ramassent parasols et serviettes, et ils rentrent chez eux.

4

La place Syntagma est rouverte à la circulation vers sept heures. Ne voyant pas quelle urgence pourrait m'attendre au bureau, je rentre à la maison moi aussi. Le plus urgent, c'est de mettre au point une stratégie de survie avec Adriani.

Elle interrompt mon entrée en matière :

– Mais je le sais. On ne parle que de ça depuis ce matin, à la télé comme à la radio.

– Il faut voir comment s'en tirer.

– Pas de panique, dit-elle calmement. Ce n'est pas la première fois.

– Il n'y a pas que nous. Je pense aux enfants.

– C'est simple, Kostas. En cas de besoin, on supprime les dépenses inutiles et on met la marmite sur la table pour tout le monde. Je ferai la cuisine et nous dînerons chaque soir en famille.

Les épreuves dopent son énergie. Elle se lève et prend le téléphone.

– Katérina, ma chérie, vous pouvez passer à la maison ? Il faut qu'on discute.

Katérina demande sans doute si nous devons le faire ce soir, car Adriani répond que oui, c'est urgent.

– Il est bon que tout soit bien clair tout de suite, dit-elle en raccrochant.

A-t-elle vraiment été claire ? Un quart d'heure plus tard, ma fille et mon gendre font leur entrée, affolés.

— Qu'est-ce qui se passe ? demande Phanis tandis que Katérina me regarde.

— Papa, tu vas bien ?

— Oui, pourquoi ?

— Quand on apprend que c'est urgent, on se dit que quelque chose va mal.

— Oui, ça va mal, dit Adriani. La Grèce va mal. Il faut qu'on décide comment faire face au non-paiement des salaires, qui affecte ton père et ton mari.

Katérina se signe en guise de commentaire, tandis que Phanis se met à rire.

— Adriani, tu es la meilleure !

— Il y a de quoi rire ?

— Pas du tout. Et je tire mon chapeau à Mania qui s'est tirée à temps. J'aurais peut-être dû faire la même chose.

— On ne quitte pas le service public, dit Adriani, catégorique. La source est tarie pour l'instant, d'accord, mais l'eau va revenir.

— Quand ça, maman ? dit Katérina. Tu te souviens, quand je voulais travailler pour le haut-commissariat aux réfugiés en Afrique, tu m'as dit d'attendre, que tout allait s'arranger et je t'ai demandé : Quand ? Eh bien je te pose la même question.

— Cette fois non plus, je ne sais pas. C'est pourquoi il faut nous organiser. Dès aujourd'hui on fera bouillir la marmite pour nous tous.

— C'est-à-dire ?

— Vous viendrez dîner ici tous les jours. Cuisiner séparément, c'est une dépense inutile.

— Maman, tu parles sérieusement ? On va se retrouver tous les soirs ici, à la soupe populaire ?

– Pourquoi, ça t'ennuie ? De toute façon, Phanis déjeune à l'hôpital. Ton père grignote au bureau. Toi, tu avales un sandwich, moi j'ai mon thé et du fromage sur du pain. Nous mangerons le soir tous ensemble jusqu'à la fin de l'épreuve.
– D'accord, dit Phanis. À une condition.
– Laquelle ? dis-je.
– Nous paierons en alternance. Vous une semaine et nous la suivante.
– Au début, personne ne devra payer. Ensuite, on verra.
– Tu connais le patron du supermarché ? Il remplit ton Caddie gratis ? dis-je pour la taquiner.
– J'ai mis de côté dans les deux cents euros.
Je n'en reviens pas.
– Tu les as trouvés où ?
– Depuis des mois, je me disais qu'un jour ils allaient cesser de vous payer. Alors chaque fois que j'allais en courses, je mettais de côté cinq euros, trois euros...
Je suis franchement admiratif.
– Comment y as-tu pensé ? Moi aussi je prévoyais la suspension des paiements, mais l'idée de la cagnotte ne m'a pas effleuré.
– Les femmes sont comme ça. Et voilà, nous allons retourner aux villages où nous avons grandi. Nous mangerons de la viande une fois de temps en temps, nous vivrons de légumes secs. Cela fait des années que des spécialistes me cassent les oreilles à la télévision avec leur alimentation saine. Eh bien l'alimentation saine va devenir une nécessité. Ma mère disait, Dieu ait son âme : « Haricot après haricot, le petit sac deviendra gros. » La soupe aux haricots, vous verrez, vous vous lécherez les doigts.

Je me dis qu'aujourd'hui Adriani prend la direction des opérations. En fait, depuis quatre ans, nous étions dirigés tantôt par la Commission européenne, tantôt par la Banque européenne. Adriani les remplace avantageusement.

C'est alors que je me souviens d'interroger Katérina sur cette mystérieuse icône repérée par Koula sur mon ordinateur.

– On verra plus tard. Apprends d'abord à t'en servir.

Elle s'interrompt, puis reprend :

– Je voudrais te demander un service.

Elle est tendue, les mots ont du mal à sortir. Enfant, déjà, elle n'aimait pas s'en remettre aux autres. Elle voulait toujours se débrouiller seule.

– Avec plaisir, si c'est en mon pouvoir.

– Hier, vous avez arrêté un certain Kyriakos Demertzis.

– Qui ça, vous ?

– Les Stups. On l'accuse d'avoir dealé rue Ayiou Constantinou.

– Qu'est-ce qu'il en dit ?

– Il a avoué et m'a demandé de le défendre.

– S'il a avoué, tout ce que tu peux faire, c'est trouver des circonstances atténuantes. Mais tu le sais mieux que moi.

– Papa, Demertzis n'est pas un dealer comme les autres. Il a vingt-cinq ans et prépare un master en physique. Avec un père entrepreneur, il n'a pas de problèmes d'argent. Alors, pourquoi dealer ? Quelque chose ne colle pas dans cette histoire.

– Tu crois qu'il couvre quelqu'un ?

– Je ne sais pas. En tout cas, c'est ce que pense Mania.

– Mania l'a vu ? demande Phanis.

– Elle est allée le voir, mais il n'a pas voulu lui parler. Il dit qu'il n'a pas de problèmes psychologiques.

– Et à toi, qu'est-ce qu'il a dit ? demande Adriani.
– Qu'il avait avoué et que je devais m'efforcer d'alléger sa peine.
– Tu ne lui as pas demandé pourquoi il a vendu de la drogue ?
– Si. Il a répondu qu'il avait besoin d'argent.
– Tu as parlé à Peressiadis des Stups ? dis-je.
– Il n'était pas là. J'ai parlé au sous-directeur, un certain Aslanoglou. Selon lui, c'est un flagrant délit.
– Bon, je parlerai à Peressiadis demain, on verra ce qu'il me dira.
– Fais-le, papa. Tu sais, c'est dur de soupçonner ton client de te cacher la vérité.

Je le sais, et je sais aussi que toute divergence entre l'accusé et son avocat est un don du ciel pour le juge. Mais elle en est consciente autant que moi. D'où son angoisse.

– Je lui parlerai et te raconterai demain soir. Mieux vaut éviter le téléphone.

Katérina et Phanis se lèvent pour partir, et nous pour aller dormir.

5

SUSPENSION n.f. 1) Le fait de suspendre, d'interrompre ou d'interdire ; son résultat. *La suspension des hostilités.* – DR. *Suspension d'audience.* – *Suspension des paiements.* – 2) Interruption d'une action, d'un fonctionnement. *Suspension des échanges commerciaux. « La suspension des fonctions digestives »,* Galien. GRAMM. Interruption du sens. MOD. LOC. *Points de suspension…*

Inutile d'aller plus loin. Je suis frappé de retrouver dans le dictionnaire de Dimitrakos les deux événements qui ont mis le feu au pays ces trois dernières années : le blocage de la machine économique et maintenant celui des salaires et des pensions. À l'époque, cependant, les salaires étaient misérables mais l'État les versait régulièrement.

Tout pour nous est en suspens, c'est juste, et tout ce qui nous arrive semble avoir perdu le sens. Quant aux fonctions digestives, l'exemple est plus douteux. Si l'État grec est bel et bien atteint d'une constipation sans cesse plus aiguë, pour nous autres, avec les fayots et les pois chiches dont Adriani nous menace, ce sera bientôt le contraire.

Je rumine ces pensées pendant tout le trajet jusqu'au

bureau, où je fais une pause à la cafétéria pour prendre mon café-croissant habituel. Par chance, je tombe sur Peressiadis qui boit son thé.

— Dis-moi, Yota, dit-il en riant à la jeune femme qui tient le comptoir, tu vas nous faire crédit maintenant qu'on ne nous paie plus ?

— Avec plaisir, monsieur Anghelos, pour la première boisson. Mais vous me paierez comptant les suivantes.

— Bravo ! Mais tu devras t'acheter un cahier pour les comptes. De toute façon, nous retournons au carnet de l'épicier, me dit-il avec un rire amer.

— Je peux te parler ? C'est personnel.

Il semble étonné, mais ne commente pas.

— Allons nous asseoir là-bas, répond-il.

Nous choisissons une table à l'écart. De toute façon, la moitié de la cafétéria est vide.

— Tu t'intéresses aux drogues, maintenant ?

— Vous avez arrêté un dealer nommé Kyriakos Demertzis.

— Celui qu'on a chopé le 31 ? Pendant que nous étions tous rassemblés sur Syntagma pour la fête, il vendait sa came rue Ayiou Constantinou. Manque de bol, une de nos voitures passait par là et l'a pris en flagrant délit.

— Il a avoué ?

— Que faire d'autre ? Il avait l'argent dans la main.

— Ce que je vais te dire n'a rien d'officiel et cela doit rester entre nous. Ma fille va assurer sa défense.

Il m'observe sans un mot.

— Elle lui a parlé ? demande-t-il enfin.

— Oui. Et il lui a dit qu'il avait avoué.

— Excuse-moi, Kostas. Je ne comprends pas, que veux-tu que je fasse ?

— Ma fille a des doutes.

— Des doutes sur quoi ? dit-il avec une indignation contenue. Elle croit que c'est un guet-apens ? Allez, tous les avocats pensent que leur client est la victime innocente des flics.

— Ce type vit dans une famille riche, il fait de brillantes études, ma fille ne comprend pas pour quelle raison il joue les dealers. Elle a l'impression que cela cache quelque chose.

Peressiadis me jette un regard pensif.

— Maintenant que tu le dis. Notre équipe précise dans son rapport qu'on l'a pris à l'instant où il recevait l'argent. Il n'avait pas de drogue sur lui, mais on en a trouvé sur l'acheteur et on a considéré qu'il l'avait reçue de Demertzis.

— Que dit l'acheteur ?

— Qu'il la tenait de Demertzis. Mais les acheteurs de drogue ne sont pas considérés comme des témoins fiables. Si Demertzis avait dit, par exemple, qu'il s'agissait d'argent prêté qu'on lui rendait et qu'il ne savait pas que l'autre avait de la drogue, vu sa famille et ses études, il avait soixante-dix pour cent de chances de s'en tirer.

— Vous avez fouillé chez lui ?

— Oui, il habite dans Koukaki. On n'a rien trouvé.

Katérina ignorait sûrement ce détail. Je la félicite en silence d'avoir flairé un coup tordu dans l'affaire.

— Je ne dirai rien à ma fille, dis-je.

— De toute façon, l'information ne lui servirait à rien.

Un silence. Puis il reprend :

— On le présente aujourd'hui au juge d'instruction. Si tu veux, tu peux lui parler.

— Tu sais que ce n'est pas réglementaire, puisque ma fille est son avocate.

— Pas réglementaire ? Mon cher Kostas, nous avons

mille façons de contourner le règlement. La question, c'est de savoir si tu le souhaites ou non.

Je ne sais ce qui m'excite le plus : l'espoir de trouver un indice qui aidera Katérina, ou le goût inné du flic pour l'interrogatoire.

— Je veux bien discuter avec lui. Ce que vous m'avez dit sur lui, Katérina et toi, éveille ma curiosité.

— Très bien. Montons, je t'appellerai.

Dans le couloir, je tombe sur Vlassopoulos qui m'attendait.

— C'est le bordel, m'annonce-t-il.

— Où ça ?

— Les voleurs sont allés chercher hier leurs cadeaux de Nouvel An. On nous a tous envoyés sur Syntagma pour mille personnes, la ville n'était plus gardée, résultat : quinze cambriolages. Depuis ce matin, la radio et la télé ne parlent que de ça. On nous traite d'incapables, d'impuissants.

— Et le ministre court de chaîne en chaîne, je suppose, pour éteindre les incendies.

— Il en fait la moitié. Le chef s'occupe des autres.

Il rentre dans son bureau, satisfait de sa petite vengeance. Animé du même sentiment, je rentre dans le mien. On a laissé filer quinze voleurs, me dis-je, et on a pris Kyriakos Demertzis. Le compte est positif.

J'allume l'ordinateur pour commencer mes exercices quotidiens, mais des forces obscures semblent opposées à mon apprentissage informatique : je viens de saisir la souris quand le téléphone sonne. C'est Peressiadis.

— Il est dans mon bureau.

Je laisse l'ordinateur et monte au quatrième. Peressiadis m'attend dans le couloir.

— Dans une heure nous l'emmenons chez le juge d'instruction.

Je me retrouve devant un grand maigre dans les vingt-cinq ans, barbichu. Il porte des lunettes cerclées d'acier, un jean et un pull ras du cou. Katérina avait raison : je n'ai pas devant moi un dealer, mais le type même du jeune scientifique.

Il s'assoit et je fais de même, non pas derrière le bureau, mais sur une chaise en face-à-face pour éviter le côté officiel. Nous nous regardons un instant, puis il rompt le silence.

— Je ne sais pas qui vous êtes, mais si vous venez m'interroger, sachez que j'ai reconnu avoir vendu de la drogue et que j'ai signé mes aveux. Je ne vois pas quoi vous dire d'autre.

Il parle calmement, sans la moindre agressivité, comme s'il n'était pas concerné. Je réponds sur le même ton.

— Je suis le commissaire Kostas Charitos, le père de ton avocate.

Il se tait et attend la suite.

— Ceci n'est pas un interrogatoire, et ce n'est pas ma fille qui m'a envoyé. Je suis venu par curiosité.

Ma curiosité ne semble pas l'émouvoir.

— Votre fille est quelqu'un de remarquable. Je ne sais pas si vous suivez les affaires dont elle se charge, mais elle et son associée aident formidablement les toxicomanes.

Je suis sur le point de lui demander comment un dealer peut se réjouir de ce qu'on essaie de lui ôter le pain de la bouche, mais je me retiens.

— Je ne te cache pas que j'ai lu ton dossier. Ce qui m'étonne, c'est de voir un garçon issu d'une famille aisée, et qui fait de hautes études, se mettre à dealer.

— J'ai besoin d'argent.

— Tout le monde en a besoin, surtout en ce moment.

Je veux bien admettre que tu refuses d'être entretenu par ta famille. Mais avec les études que tu as faites, tu pourrais gagner ta vie. En donnant des cours dans des boîtes à examens par exemple. Ma fille l'a fait pendant un temps.

— Je donne déjà des cours pour survivre, mais il me faut beaucoup plus d'argent.

Me voyant perplexe, il ajoute :

— Auriez-vous un morceau de papier, monsieur le commissaire ?

Je lui tends une feuille et un Bic. Il écrit quelque chose et me rend le tout. Je vois un numéro de portable et un nom : Pavlos.

— Dites à votre fille de téléphoner à Pavlos, il lui expliquera où va l'argent.

Je m'apprête à lui demander qui est Pavlos, mais la porte du bureau s'ouvre violemment. Un homme dans les soixante ans fait irruption, suivi d'un autre plus jeune qui lui susurre sans arrêt :

— Doucement, monsieur Demertzis. Doucement.

Exhortation inutile : Demertzis père garde son sang-froid. Il s'arrête à un pas de la chaise de son fils. Kyriakos devait s'attendre à cette visite, car il reste imperturbable.

— Qu'est-ce que c'est que ce nouveau jeu ? demande le père d'une voix calme. Pourquoi ces histoires de drogue, toi qui ne fumes même pas ? La seule raison que je vois, c'est que tu veux m'exposer, me déshonorer. C'est ton seul but dans la vie.

— La voiture que tu m'as offerte est en vente depuis deux mois, et personne ne l'achète, répond sèchement le fils. Que voulais-tu que je fasse ? J'avais besoin d'argent tout de suite.

— Je t'ai déjà refusé de l'argent quand tu m'en

demandais ? Je t'ai même proposé de travailler dans ma société pour un salaire généreux. C'est toi qui as dit non.

J'échange un regard avec Peressiadis, qui hoche légèrement la tête. L'accompagnateur de Demertzis éprouve le besoin d'intervenir.

– Monsieur Demertzis, le lieu ne se prête guère à la discussion.

– Croyez-moi, maître, répond Demertzis, je ne serais pas là s'il n'y avait pas les lamentations de sa mère. Quant à moi, j'ai envie d'abandonner ce garçon à son sort, quelles que soient les conséquences.

Puis, s'adressant à son fils :

– Voici Themis Prokopiou, le meilleur de nos pénalistes. Je l'ai chargé de te défendre, il va voir comment te tirer d'affaire.

– J'ai déjà un avocat, un second me serait inutile, dit le jeune Demertzis toujours aussi calme.

– Écoute, si tu veux que ton avocate collabore avec maître Prokopiou, je n'ai rien contre. Il suffit qu'elle sache que maître Prokopiou dirigera les opérations, puisqu'il est pénaliste.

Il me jette un regard en biais. Peressiadis a l'air inquiet, mais j'adopte le ton calme du jeune Kyriakos.

– Dites-moi, monsieur le commissaire, demande le jeune homme à Peressiadis. Je suis majeur. N'ai-je pas le droit de choisir mon avocat ?

– C'est ton droit.

– Emmène ton coiffeur pour dames et tire-toi, dit le jeune homme à son père.

– Si je m'en vais, je ne reviens pas.

– Tu le dis à chaque fois, et tu ne tiens jamais parole.

Le père jette un regard furieux au fils, mais là encore il se contrôle.

– Allons-nous-en, maître. Il a ce qu'il mérite.

À la porte, il se retourne vers son fils.

– Je ne comprends pas pourquoi tu me détestes à ce point. J'ai des idées progressistes, j'ai milité quand j'étais étudiant. Je ne suis pas un tyran de droite. Alors pourquoi me détester ?

Kyriakos ne répond pas, mais son père ne semble attendre aucune réponse. Il ouvre la porte et sort, Prokopiou sur ses talons.

– Demertzis, dit Peressiadis au jeune homme, c'est l'heure du juge d'instruction.

L'autre se lève sans un mot. Avant de sortir, il s'arrête devant moi.

– Je vais rencontrer votre fille, dit-il avec un sourire imperceptible.

Et il sort, suivi de Peressiadis, qui revient après l'avoir confié aux gardiens.

– D'habitude, ce genre de famille produit des drogués, dit-il. Les dealers sont l'exception.

J'ai en main le petit papier. Je me demande ce qui peut motiver la haine du fils à l'égard du père.

6

Hier soir, tandis que nous mangions nos lentilles, Katérina m'a dit qu'elle avait appelé Pavlos. Elle a eu son numéro par Kyriakos lui-même, chez le juge d'instruction. Pavlos lui a parlé d'un hôtel abandonné qu'ils ont transformé en asile pour SDF.

Tandis qu'elle racontait, interrompue par les questions d'Adriani et de Phanis, je m'efforçais de comprendre pourquoi le jeune Demertzis m'intrigue à ce point. Son aspect calme et mesuré de scientifique ? Le mépris à l'égard de son père ? Ma perplexité, ma curiosité m'ont fait accepter d'accompagner Katérina à l'asile pour SDF. Elle m'a proposé d'emmener Zissis.

— Pour deux raisons, a-t-elle expliqué. D'abord, il a passé des années dans les camps comme prisonnier politique, donc il peut les aider à s'organiser. Ensuite, ça lui fera du bien de s'occuper, au lieu d'arroser ses fleurs en se demandant si sa retraite suffira pour payer l'eau.

— Où en est Demertzis ?
— Qu'est-ce que tu crois ? En garde à vue.

Pavlos a donné comme adresse le coin des rues Ayias Zonis et Tenedou, dans Kypseli. Nous descendons l'avenue Aharnon après être allés chercher Zissis. Un magasin sur deux a baissé le rideau. Tantôt à louer, tantôt à vendre. Les pancartes sont là pour faire bonne figure : personne n'achète, personne ne loue.

L'hôtel est un immeuble jaunâtre à trois étages avec balcons. Au-dessus de l'entrée flottent des lambeaux de drapeaux datant des anciens beaux jours de l'hôtel : un grec, un américain, un européen et un quatrième de provenance indéterminée.

Pavlos nous attend à l'entrée. C'est le contraire de Demertzis : petit et gros, la barbe en broussaille.

— Je suis Pavlos, et voici Loukia, dit-il en montrant une fille brune en jean et T-shirt qui est venue à côté de lui.

Je suis encore dans la Seat, cherchant une place pour me garer.

— Montez sur le trottoir, dit-il. Tout le monde le fait.

Je me gare en face de l'hôtel et suis mes hôtes à l'intérieur.

On voit encore le comptoir de l'ancienne réception, le tableau à clés avec sa vingtaine de crochets, aussi vide que les magasins d'alentour. À droite, il y avait sans doute la salle du petit déjeuner. Les chaises et les tables en formica ont dû être apportées par les nouveaux occupants.

— Comment avez-vous découvert le coin ? demande Katérina.

— Grâce à Loukia, dit Pavlos en souriant. Elle est passée un jour et a vu que l'hôtel était fermé. Elle nous l'a signalé, nous sommes venus constater.

Il se tourne vers moi et son sourire s'élargit.

— Ne me demandez pas comment nous sommes entrés, monsieur le commissaire. La police n'a pas besoin de tout savoir.

— La police n'est pas intéressée tant qu'il n'y a pas de plainte.

– Il n'y en aura pas, dit-il, catégorique.
– Comment le sais-tu ?
– Dix jours après notre entrée, le proprio s'est pointé. Il a commencé à crier, à nous menacer. On lui a expliqué que l'hôtel étant fermé de toute façon, on l'occupait provisoirement pour la bonne cause. Pour finir, il a bien voulu nous le laisser pour cinq cents euros par mois, au noir.

Il se tourne vers Katérina.

– Tu comprends maintenant pourquoi nous courons après l'argent comme des fous. Et ce n'est pas seulement les cinq cents euros. L'hôtel était vide. On a acheté des lits de camp, des oreillers, des couvertures, de la vaisselle et nous fournissons un repas par jour. Plus l'eau et l'électricité. L'argent, c'est nous qui le fournissons. Nous ne voulons être aidés par personne.

– Bravo, Pavlos, mais croyez-vous que Kyriakos va gagner davantage en prison ?

Loukia rit.

– S'il veut continuer à dealer, il va s'enrichir là-bas.

Elle se reprend aussitôt :

– Je plaisante. Mais Kyriakos est comme ça. On le voit tranquille et discret et on ne se rend pas compte que ce garçon-là, quand il a un but, ne recule jamais. Nous avons tous des petits boulots et nous reversons ce que nous gagnons. Mais Kyriakos, c'est autre chose.

Pavlos nous montre la cuisine exiguë, prévue pour le petit déjeuner. Une femme de soixante ans surveille deux casseroles sur le feu.

– Mme Frosso habite ici avec nous, explique Pavlos. Nous faisons le marché, elle cuisine. Madame Frosso, voici des amis venus visiter l'asile.

– Avec vous comme cuisinière, lui dit Katérina, on doit bien manger ici.

Frosso pose sa cuiller.

— Ma petite fille, autrefois je cuisinais pour ma famille. Maintenant je le fais pour nous, les sans-logis. Mais nous aussi nous sommes une famille, après ce qu'on a fait de nous.

— Venez voir les chambres, dit Loukia. Mais nous allons prendre l'escalier. On a supprimé l'ascenseur : il coûterait trop cher en électricité.

Ils ont installé dans chaque chambre un maximum de lits de camp. Au premier étage, dans la chambre face à l'escalier, une vieille femme assise sur son lit, les yeux fermés, se balance en psalmodiant un hymne.

Les SDF sont dans leurs chambres. Les uns bavardent et d'autres, allongés, regardent le plafond.

— Comment va, monsieur Stavros ? demande Loukia à un septuagénaire.

L'homme décolle les yeux du plafond.

— Bien, ma petite. Dieu soit loué. Quand je pense à toutes ces nuits passées dans des parcs ou des entrées d'immeubles, ici, pour moi, c'est beau comme le Hilton.

— Comment les choisissez-vous ? demande Katérina à Pavlos.

— En principe, nous prenons les vieux. Quand un lit est libre, l'un de nous fait le tour des parcs et des entrées d'immeubles dans les quartiers défavorisés. Quand il voit quelqu'un qui dépasse les soixante ans, il lui propose d'habiter ici. La plupart ne se le font pas dire deux fois. Ces gens avaient une retraite minuscule qui s'est changée en retraite de misère. Nous leur donnons un toit et ils gardent leurs sous pour leurs menues dépenses, un café, des médicaments. Deux fois par mois, Médecins du monde vient les examiner et distribuer les médicaments qu'ils ne peuvent pas se payer.

Tout est organisé, contrôlé. Une seule chose manque :

la propreté. Dans les couloirs et dans les chambres, on le remarque au premier coup d'œil.

– Personne ne balaie ici ? demande Zissis.

Loukia hausse les épaules.

– Nous leur disons tous les jours de le faire. De temps en temps, une femme veut bien prendre un balai. Mais la plupart du temps ils s'en fichent et nous n'insistons pas. Ils sont fatigués... découragés... vaincus... Qu'est-ce qu'on peut leur dire ? Ils n'ont plus la force.

– Écoute, lui dit Zissis. J'ai passé la moitié de ma vie dans les geôles de la Sûreté, à Makronissos et Aï-Stratis. Quand on arrivait, les anciens nous apprenaient trois choses. D'abord, ta cellule doit être propre. Ensuite, ta tente doit être propre et bien rangée. Enfin, ton lit doit être toujours fait. Ce n'étaient pas des passionnés du ménage, mais ce lieu serait notre maison pour des années et il fallait en prendre soin comme d'une vraie maison. Pour ne pas se laisser aller.

Loukia le regarde. Elle ne sait que dire. Mais Zissis n'attend pas de réponse. Il continue la visite. Soudain, un vieux jaillit de sa chambre et se met à crier :

– Ils viennent nous virer ! Sortez tous, ils viennent nous virer !

– Calme-toi, Andonis, dit Pavlos. Ce sont des amis. Personne ne va nous virer.

Le vieux ne l'écoute pas. Il s'accroche à moi et me secoue. Il a senti instinctivement, peut-être, que c'est moi le flic.

– Vous n'allez pas nous virer d'ici ! On nous a virés de chez nous, puis des parcs, mais pas question de nous virer d'ici !

Je le laisse me secouer sans réagir. Katérina reste

figée. Bientôt Andonis me lâche et s'arrête les bras ballants, épuisé.

Je traverse la chambre et sors sur le balcon pour respirer un grand coup. La rue Ayias Zonis est tranquille, avec ses arbres et ses massifs sur toute la longueur. Un saxophoniste joue, pour l'honneur lui aussi : les gens passent devant lui sans un regard. Un Noir hurle dans une cabine téléphonique les mots d'une langue inconnue, tandis qu'une Noire traverse la rue Tenedou vers la rue Fokionos Negri, un enfant dans ses bras, un autre dans une poussette. Une autre mère, de chez nous, surveille sa petite fille qui joue dans la rue piétonne.

Sur quelques balcons des immeubles voisins, des pots de fleurs et des jardinières, vestiges du temps où Kypseli était le quartier bourgeois du centre, qui faisait envie à tout le monde, et qu'une bonne partie de ses habitants a quitté pour aller vivre plus loin.

Nous redescendons au rez-de-chaussée. Zissis me dit :
— J'ai parlé avec Pavlos et décidé de rester pour les aider.
— Ça t'a rappelé Makronissos ? dis-je pour le taquiner.

Il prend le ton solennel qu'il emploie chaque fois qu'il veut me contrer.
— Écoute, commissaire. J'ai rejoint les communistes parce qu'ils se battaient pour une société plus humaine. Ils l'ont cherchée pendant soixante-dix ans, mais en cherchant les hommes ils ont perdu les chiffres et ont sombré. Maintenant je vis dans une société qui cherche les chiffres et perd les hommes. Elle va sombrer elle aussi. Quand tu as une grande entreprise et qu'elle sombre, qu'est-ce que tu fais ? Tu sauves ce que tu peux et tu recommences avec une petite boutique. C'est ce que je fais là.

Avant que j'aie le temps de répondre, mon portable sonne.

– Ici le centre d'opérations, monsieur le commissaire. Le service m'a dit de vous joindre.

– Qu'est-ce qui se passe ?

– Nous venons de recevoir un appel bizarre. Une voix m'a dit : Yerassimos Demertzis est au Centre olympique de Faliro et vous attend.

– Vous avez pris son nom ?

– On a raccroché tout de suite.

– Homme ou femme ?

Il hésite.

– La voix venait de loin, elle semblait modifiée. Impossible de savoir.

– Vous avez localisé l'appel ?

– Une cabine à Paleo Faliro.

– Dites au commissariat local d'envoyer une patrouille au Centre olympique. Je rentre au bureau, ils m'appelleront directement là-bas.

Je dis à Katérina de rejoindre son bureau en taxi et je quitte Kypseli avec un mauvais pressentiment.

7

En rentrant dans mon bureau, j'ai juste le temps de décrocher.
– Ici le centre d'opérations, monsieur le commissaire. La patrouille nous a prévenus, on a trouvé un mort au Centre olympique.

Le mauvais pressentiment était juste. J'appelle mes collaborateurs. Koula, Vlassopoulos et Dermitzakis arrivent, sans Papadakis, soit qu'il se sente encore étranger, soit qu'il se planque pour éviter les tâches difficiles.

– Koula, appelle Stavropoulos, le médecin légiste, et dis-lui d'aller tout de suite au Centre olympique de Faliro. Préviens aussi Dimitriou de l'Identité judiciaire.
– Un meurtre ?
– Oui.
– Qui est-ce ?
– On ne sait pas officiellement. Selon un appel anonyme, ce serait l'entrepreneur Yerassimos Demertzis. Vlassopoulos et Dermitzakis viennent avec moi. Toi, Koula, tu restes avec Papadakis pour garder nos arrières.
– Je serai seule. Papadakis ne s'est pas encore pointé.
– Quelle heure est-il ?
– Onze heures.

Les deux autres lui jettent un regard réprobateur.
– Ne me regardez pas comme ça, dit-elle, furieuse.

À partir d'aujourd'hui je ne ferme plus les yeux pour personne ! Nous ne sommes pas les bonnes poires qui viennent tous les matins à huit heures, tandis que l'autre nous fait l'honneur de venir quand ça lui chante. Aucun de nous n'est payé. Il n'y a pas que lui.

– Il a fait ça souvent ? dis-je à Dermitzakis.

– Plusieurs fois.

– Et vous ne m'avez rien dit ?

– Voilà, je le dis, répond Koula, tandis que les regards des deux autres expriment leur solidarité professionnelle.

– À notre retour, je veux le voir dans mon bureau. Koula, tu iras sur le Net ramasser tout ce que tu peux trouver sur Yerassimos Demertzis.

L'avenue Vassilissis Sofias est assez encombrée, mais Vlassopoulos met la sirène et nous passons. À Syntagma, nous tombons sur une banderole, à l'endroit où trois ans plus tôt les Indignés avaient déployé la leur déclarant que « La dictature des Colonels continue ». Celle d'aujourd'hui dit : « Aux USA, le Sud a perdu la guerre. Nous la gagnerons. »

– C'est parti pour la guerre ? dit Dermitzakis en riant.

– Ne t'étonne pas si demain tu vois l'armée dans les rues, répond Vlassopoulos.

– Qu'est-ce qu'on aura ? Un nouveau 1940 ?

– Ou une nouvelle dictature, répond sérieusement Vlassopoulos.

– En 40, dis-je à Dermitzakis, nous n'avons pas vaincu les Allemands, mais les Italiens, qui sont du Sud. Quant à un deuxième putsch, oublie. Les chars ne descendront sûrement pas dans la rue.

– Pourquoi ? demande Vlassopoulos.

– La moitié n'a pas de pièces de rechange et l'autre moitié manque de carburant. Donc nous sommes à l'abri, nous surtout, qui aurions été les porteurs d'eau de l'armée.

La circulation dans l'avenue Syngrou est sporadique et nous arrivons en un rien de temps. La voiture de patrouille barre l'entrée du Centre olympique.

– Vous le trouverez à côté du gymnase, monsieur le commissaire, me dit le conducteur. Sur un tas d'ordures. Ce n'est pas beau à voir.

Pas besoin de chercher, le tas se voit de loin. Un homme est couché dessus, le visage enfoncé dans les ordures.

J'envoie mes adjoints jeter un coup d'œil aux ruines des installations olympiques et je reste examiner tranquillement le corps.

Je reconnais Yerassimos Demertzis aussitôt, non à son visage, mais aux vêtements. Il les portait lors de la visite à son fils.

Il faut que j'attende Stavropoulos pour me faire une idée, mais même sans lui je vois que la mort a été causée par une blessure : la balle a traversé l'omoplate, puis le cœur avant de ressortir. La mort a dû être immédiate.

Dimitriou de l'Identité judiciaire arrive le premier avec son équipe.

– On cherche quelque chose de précis ?
– La douille. Mais je ne pense pas que vous la trouverez. On a dû le tuer ailleurs et le transporter ici.

Je le laisse faire son boulot et vais retrouver mes adjoints. Des bâtiments il ne reste que les murs. L'intérieur est vide. Tout ce qui pouvait se revendre a été volé. Il n'y a plus que des sièges cassés, des portes brisées, des filets de but déchirés. Les projecteurs qu'on n'a pas emportés gisent par terre en morceaux. Les débris d'une grandeur passée, qui n'impressionne plus personne : la Grèce entière n'est plus qu'un débris.

– On a payé combien pour tout ça ? demande Dermitzakis.

– On paie encore, dit Vlassopoulos.

– On ne paie plus. On leur a dit : « Venez tout prendre. »

– Et s'ils viennent ?

– Qu'ils essaient. Depuis que le Grec s'est réveillé, il ne craint rien ni personne. « Viens les prendre », disait le Spartiate au Perse. Eh bien ça recommence.

– Tu as raison, dis-je à Dermitzakis.

– Je suis content que vous soyez d'accord, monsieur le commissaire, dit-il, tandis que Vlassopoulos me regarde, interloqué.

Dermitzakis est content, mais il a mal compris. « Viens les prendre », aujourd'hui, ce n'est plus la fière parole du combattant, mais l'État grec qui nous dit « viens », et nous venons, mais il n'y a rien à prendre, les caisses étant vides.

J'aperçois des haillons et des matelas par terre.

– Des gens vivent ici.

– Des immigrés clandestins, suppute Vlassopoulos.

– Avec un peu de chance, remarque Dermitzakis, nous en trouverons un qui a vu quelque chose.

– Cela dépend de l'heure du crime. De jour, il n'y a personne. Ces gens-là disparaissent à l'aube et rentrent à la nuit pour dormir. S'ils ont vu le mort, ils ont fui à toutes jambes et nous ne les reverrons jamais. Si le crime a eu lieu de nuit, j'ai un espoir. Un tout petit.

Je trouve Stavropoulos penché sur le corps.

– Tu es un précurseur, me dit-il sans relever la tête.

– Pourquoi ?

– Bientôt on va tous nous ramasser dans les ordures.

Je ne relève pas, habitué que je suis à ses plaisanteries douteuses.

– Tu peux me dire l'heure du crime ?
– Ce matin entre huit et onze.
– On l'a tué ici ou ailleurs ?
– Ici, sûrement. On lui a tiré dessus, il est tombé. Si on l'avait déplacé, le corps porterait des marques.

Dans ce cas, on devrait retrouver sa voiture. Il n'a sûrement pas pris les transports en commun. Et s'il n'y a pas de voiture, c'est qu'il est venu avec l'assassin.

– Autre chose me chiffonne, dit Stavropoulos.
– Dis-moi.
– Je ne suis pas absolument sûr, mais à première vue on l'a tué à distance. L'autopsie nous le dira. J'ai terminé pour l'instant, vous pouvez le fouiller.

Soudain, une voix s'élève, sortie des vêtements de Demertzis, et Stavropoulos recule d'un pas, épouvanté.

– Ici Polytechnique. Ici Polytechnique. La radio des étudiants en lutte, des Grecs en lutte pour la liberté.

Suit une légère pause, puis une autre voix ajoute :
– Pain, éducation, liberté. Nous n'avons pas de pain.

Le message s'arrête brusquement. Nous restons sans voix à regarder le cadavre qui parle. Dimitriou est le premier à réagir. Il déboutonne la veste du mort et sort de la poche intérieure un portable.

– Simple et efficace. Ils ont enregistré le message et l'ont déclenché en appelant le numéro.

Vlassopoulos pose la question qui préoccupe tout le monde :
– Comment a-t-on fait pour appeler pile au bon moment ?
– On nous observe, dit Dermitzakis.

Nous regardons autour de nous, bêtement, comme si quelqu'un allait nous faire signe de loin.

– En tout cas, je peux confirmer qu'on l'a tué ici, dit

Dimitriou. Nous avons retrouvé la douille. Je l'envoie pour examen balistique.

– D'accord, dis-je, mais l'important, c'est le portable. Essaie d'en tirer quelque chose. Nous, nous allons tâcher d'identifier la voiture de Demertzis, qui doit être garée dans le secteur.

Stavropoulos charge le corps dans l'ambulance et s'en va, Dimitriou se met en quête de nouveaux indices, et nous partons chercher la voiture du mort.

8

Repérer la voiture a été le plus facile. Nous l'avons trouvée garée dans la rue Phaetondos, près de l'école. C'est un cabriolet Mercedes gris qui ne nous a rien révélé. Dans la boîte à gants, les papiers de la voiture, le permis de conduire de Demertzis et une paire de gants. Sur le siège arrière, des papiers en désordre. J'ai dit à Vlassopoulos d'envoyer la voiture au Service technique, sans grand espoir. Dans ces cas-là on relève un tas d'empreintes digitales, pratiquement impossibles à identifier.

Les difficultés ont commencé avec le message enregistré. Nous sommes sûrs que le portable a été placé dans la veste par l'assassin : dans l'autre poche intérieure on a retrouvé un second portable, celui de la victime.

Pourquoi le message évoque-t-il l'insurrection des étudiants de Polytechnique en 1973 ? Demertzis a dit à son fils qu'il n'était pas conservateur, qu'il avait milité à gauche. On peut supposer qu'il a participé à la prise de Polytechnique par les étudiants. Le meurtre serait-il lié à un conflit datant de cette époque ? C'est peu probable. L'assassin aurait donc attendu quarante ans ? D'un autre côté, l'allusion n'est pas fortuite. Il y a là un message qui nous est destiné.

L'autre problème concerne le meurtre. S'il se

confirme que Demertzis a été tué à distance, alors l'assassin doit être un professionnel. Ce qui renforce l'hypothèse, c'est que quelqu'un nous épiait pour déclencher l'appel au bon moment. Donc, si on a tiré à distance, deux personnes sont impliquées. L'assassin n'a pu mettre le portable dans la poche, puis s'éloigner pour tirer. Il n'aurait pas non plus pris le risque de revenir près de la victime après avoir tiré.

Tous les indices laissent deviner un pro, ou du moins une personne entraînée, méthodique. On ne peut donc exclure une action terroriste. Il faudra que j'en discute avec Gonatas, de la Brigade antiterroriste. Dans ce cas, évidemment, le crime sera revendiqué, mais il faut souvent attendre quelques jours.

Tout cela me court dans la tête alors que nous roulons, Vlassopoulos et moi, vers Polydrosso et les bureaux de l'entreprise de Demertzis. J'ai laissé Dermitzakis à Faliro pour collecter des indices. Il faudra enquêter de façon plus poussée, mais on recueille parfois des choses intéressantes à chaud.

Faut-il commencer par la femme de la victime ou par son entreprise ? Nous avons décidé de laisser à la femme un peu de temps pour se remettre avant de répondre à nos questions.

Nous nous garons au coin de la rue Monemvassias. La Domotekniki se trouve dans un immeuble de bureaux datant de l'époque de l'euro triomphant, aux troisième et quatrième étages.

Nous frappons au troisième, on nous ouvre. À l'accueil, personne. Dans un coin, quatre employés discutent à voix basse. Une jeune femme dans les vingt-cinq ans, les yeux gonflés, vient vers nous.

– Nous sommes fermés aujourd'hui à cause d'un événement tragique.

Lorsque nous lui disons qui nous sommes, elle se contente d'un « Oui, je comprends ».

– Avec qui pouvons-nous parler ?

Elle va demander conseil au quadra de la bande, qui nous rejoint.

– Vous pouvez parler soit à M. Nikiforidis, le directeur des travaux, soit à M. Petrakos, le directeur des services financiers. Ce sont eux qui représentent l'entreprise en l'absence de M. Demertzis. Anghela, conduis ces messieurs à la secrétaire de M. Nikiforidis.

Je dis à Vlassopoulos de faire un tour dans les bureaux, histoire de sonder le personnel, et j'accompagne la jeune femme dans l'ascenseur.

Anghela me confie à une femme dans les quarante ans, vêtue dans le style Merkel, aux yeux rougis par les larmes. Elle m'introduit sans un mot dans le bureau de son supérieur.

Nikiforidis est l'un de ces hommes sans âge, entre quarante et cinquante-cinq ans. Il porte un costume sans cravate et se lève pour m'accueillir, l'air consterné.

– Je sais que le moment n'est pas bien choisi, dis-je, mais nous voulons commencer l'enquête au plus tôt.

– Je vous comprends. D'ailleurs, tout le monde ici veut la même chose. Il faut retrouver l'assassin de M. Demertzis au plus vite.

– Commençons par le plus simple. Savez-vous si Yerassimos Demertzis avait des ennemis ?

Il hausse les épaules.

– Des concurrents, oui. Des rivaux, beaucoup. Mais des ennemis qui auraient voulu sa mort, sûrement pas. On peut se faire la guerre pour un chantier, car les adjudications n'ont lieu qu'une fois l'an, mais pas au point de nous exterminer l'un l'autre.

– Je ne pense pas seulement à ses concurrents.

Nous savons que votre patron a été très actif contre la Dictature. Nous n'excluons pas que le meurtre soit dû à un règlement de comptes remontant à cette époque.

– Je connaissais vaguement le passé politique de M. Demertzis, lui-même nous en parlait parfois. Je sais qu'il a étudié à l'École d'ingénieurs et qu'il a pris part à l'occupation de Polytechnique. Après l'assaut de l'armée, il a été emprisonné et torturé par la police militaire. Je n'en sais guère plus... En tout cas, je n'arrive pas à croire que quelqu'un se soit souvenu d'un compte à régler avec lui quarante ans après.

Moi de même. J'explore donc une nouvelle piste.

– Savez-vous si votre patron était en conflit avec son personnel ?

– Nous avons pour l'instant un seul chantier. Qui oserait créer des problèmes pour se retrouver au chômage ? Quant au personnel des bureaux, nous en avons licencié le tiers. Mais si dix pour cent du million et demi de chômeurs que nous avons décidaient de tuer le patron qui les a licenciés, nous n'aurions plus un seul entrepreneur dans le pays.

Son argument me cloue le bec et il ne me reste plus qu'une ultime question.

– Vous connaissez son fils ?

Il hausse les épaules.

– Je ne l'ai vu qu'une fois, quand son père l'a fait venir pour le présenter au personnel. Il espérait le convaincre ainsi de rejoindre l'entreprise. Mais le jeune homme, apparemment, avait d'autres projets.

– Nous avons appris qu'ils n'étaient pas en très bons termes.

– Écoutez, monsieur le commissaire. Je suis directeur des travaux de cette entreprise. Les affaires personnelles et familiales de M. Demertzis ne sont pas de mon ressort.

Voilà qui est sans réplique. Il me ferme la fenêtre et je n'ai plus qu'à prendre la porte.

— Où puis-je trouver M. Petrakos ?

— Ma secrétaire va vous conduire.

Elle se borne à m'emmener dans le couloir.

— La troisième porte à droite, dit-elle sèchement, et elle regagne son bureau.

J'entre dans une grande salle. Au fond, un type derrière une baie vitrée, qui lui permet de surveiller ses subordonnés en permanence. Voilà pourquoi sans doute le service financier, contrairement au reste de l'entreprise, est en plein travail.

Supposant qu'il s'agit de Petrakos, je le rejoins dans son bocal. Il semble plus âgé que Demertzis, dans les soixante-dix ans, cheveux et moustache blancs. Lorsqu'il se lève pour m'accueillir, je constate qu'il est grand, élancé, vif encore.

Je commence par la question bateau : Demertzis avait-il des ennemis ? Sa réponse rappelle celle de Nikiforidis.

— Un entrepreneur a des rivaux, monsieur le commissaire, mais pas d'ennemis. Yerassimos Demertzis avait beaucoup de succès, il emportait facilement les adjudications et cela ne lui attirait pas que des amitiés. Certains voulaient sûrement lui mettre des bâtons dans les roues, mais le liquider physiquement, ça non.

— Pensez-vous que le meurtre soit lié à son passé militant ?

Il ébauche un sourire, autant que le permet le deuil.

— Vous croyez qu'un de ses bourreaux de la police militaire voulait le réduire au silence, quarante ans après ? Non, monsieur le commissaire.

— Quelles étaient ses relations avec son fils ?

Il soupire.

— Cette affaire de garde à vue pour trafic de drogue l'a brisé.

Voyant que je me heurte toujours au même mur, je juge bon d'abattre une partie de mes cartes.

— Je vais vous parler franchement, monsieur. J'ai assisté par hasard à la rencontre du père et du fils dans les locaux de la police. J'ai été frappé par l'agressivité du fils.

Il réfléchit avant de répondre.

— Je serai franc moi aussi. C'est une vieille histoire. Tous les efforts de Yerassimos pour combler le fossé entre eux ont échoué… Ce que je vais vous dire, je voudrais que cela reste entre nous. Yerassimos a eu une liaison amoureuse pendant plusieurs années. Il est même parti de chez lui quelque temps. Puis il s'est réconcilié avec sa femme et il est revenu. Mais Kyriakos est très lié avec sa mère. Il a vécu tout le drame auprès d'elle et n'a jamais pardonné à son père.

— Vous vous rappelez à quand remonte cette histoire ?

Il fait un calcul.

— Kyriakos devait être en première. Il y a donc sept ou huit ans.

— Et le nom de la femme, vous vous en souvenez ?

Il hésite.

— Aucune idée.

Cette liaison, c'est tout ce que je viens d'apprendre, et j'ignore en quoi cela va me servir. Il ne s'agit pas d'un crime passionnel. Je suis de plus en plus persuadé que l'affaire concerne avant tout la Brigade antiterroriste.

Je vais donc rendre visite à l'épouse puis au fils emprisonné, avant de décider si je confie l'affaire à l'Antiterrorisme. Avec le ministre que nous avons et Guikas au placard, ce n'est pas le moment d'endosser trop de responsabilités.

– Tu y vois plus clair ? dis-je à Vlassopoulos quand nous nous retrouvons à l'entrée.

Nous confrontons nos informations, qui concordent. Quand j'évoque la liaison de Demertzis, il reste songeur.

– C'est sans doute ça, dit-il.
– C'est-à-dire ?
– Une employée m'a parlé d'une certaine Athina. Le nom lui a échappé, elle s'est interrompue, tandis que les autres la regardaient.
– Et qu'est-ce qu'elle a dit ?
– Que c'était une ancienne collègue, partie il y a longtemps.

Nous connaissons donc le prénom de l'ex-maîtresse. On démarre sur un meurtre et on arrive au sexe.

9

Comme toujours, le premier appel vient de Dimitriou, le plus rapide et efficace.

– On a regardé la carte SIM, elle est vierge, monsieur le commissaire. Ils ont trouvé le message de Polytechnique sur Internet et ont ajouté « Nous n'avons pas de pain » avant de le télécharger sur le portable. D'autre part on n'a découvert aucun appel, ni entrant ni sortant.

Le portable de Demertzis ?

– On s'en occupe. Je vous appelle dès qu'on aura fini.

Je ne suis ni surpris ni déçu. Je n'attendais rien de mieux. Je veux informer Guikas, mais Stella m'annonce qu'il est en réunion. En attendant qu'il se libère j'appelle Papadakis. Les autres ont dû le mettre au parfum, car il arrive l'air penaud.

– Lorsqu'on t'a envoyé à moi, on a oublié de me dire que tu avais tes propres horaires.

– Que voulez-vous que je fasse, monsieur le commissaire ? L'État ne me paie pas. Il faut bien que je vive.

– Qu'est-ce que tu crois ? Que nous autres qui venons à l'heure, nous avons d'autres sources de revenus ?

– Je n'ai pas dit ça. Simplement, j'ai trouvé un petit boulot.

– Quel genre ?

– Vigile dans une société. J'y vais après le service,

mais il y a parfois un imprévu le matin, pendant deux ou trois heures.

Il respire profondément, et poursuit.

– Je ne suis pas marié, monsieur le commissaire. Mais j'ai deux parents malades. Ma mère est alitée. La retraite de mon père n'arrête pas de fondre. Quant à nous, on nous a sucré les indemnités, puis les primes, et maintenant on ne nous paie plus. Mes parents ont besoin de médicaments. Les pharmacies nous en donnent quand l'État paie les soins. Qu'est-ce que je fais ? Je laisse mourir mes parents ?

– Pourquoi tu ne m'as pas dit tout ça, Papadakis ? Nous aurions trouvé une solution.

Il me regarde sans un mot, puis il soupire :

– J'avais honte, monsieur le commissaire.

Son regard est fixé sur ses chaussures.

– Il n'y a pas de raison, dis-je. Il vaut mieux avoir un second boulot que toucher des pots-de-vin ou rançonner les commerçants. Il suffit que tu me préviennes pour qu'on s'arrange ensemble.

– Entendu, monsieur le commissaire.

Nous sommes interrompus par un appel de Stella : Guikas est disponible. Je demande cinq minutes de délai, renvoie Papadakis et fais venir Koula. Quand je lui ai résumé la conversation, elle se signe.

– Mais enfin, pourquoi il n'a rien dit ? Il reste là toute la journée sans ouvrir la bouche.

– Il doit se sentir encore étranger. Il a honte devant vous comme devant moi. L'âme de l'homme est une énigme.

– L'âme seulement ? Ces temps-ci, chaque jour est une énigme. Laissez-moi faire, je vais parler avec les gars et on va tâcher de lui rendre la vie plus facile.

Elle se lève, mais s'arrête à la porte.

– Je ne vous ai rien dit de Demertzis car je n'ai rien trouvé de palpitant. Apparemment il a touché le gros lot avec les travaux pour les Jeux. Ce qui concerne Polytechnique, Vlassopoulos m'a dit que vous le savez déjà.

Il y a peut-être un lien entre ce gros lot et son assassinat au Centre olympique de Faliro.

Guikas me reçoit debout.

– La mort de Demertzis a mis le feu aux poudres. On craint que ce ne soit un acte terroriste.

Je lui donne tous les détails. Et je conclus :

– Si vraiment on a tiré sur lui de loin, il s'agit d'une exécution de sang-froid. Du moment que l'enquête n'a pas fait apparaître un lien avec le crime organisé, l'acte terroriste n'est pas exclu. Il faut informer Gonatas, on ne sait jamais.

– Tu vas l'informer de toute façon. Nous nous réunissons dans une heure au bureau du chef. Ordre du ministre.

Il attend ma réaction. Voyant qu'elle n'arrive pas, il continue.

– C'est le nouveau système. On ne se réunit plus chez le ministre. Il charge le chef de nous réunir, et ensuite le chef l'informe. Notre opinion à nous, il s'en torche.

Si Guikas n'apprécie pas la stratégie du ministre, quant à moi je la préfère, car nous sommes ainsi peu nombreux : le chef, Guikas, Gonatas et moi. Le chef entre aussitôt dans le vif du sujet en me demandant de résumer l'affaire. Je m'exécute.

– Pour moi, cela ne fait aucun doute, dit-il. C'est un acte terroriste. L'Antiterrorisme doit s'en charger.

Un échange de regards avec Guikas me laisse penser que nous partageons cet avis. Le seul qui ne soit pas d'accord, apparemment, c'est Gonatas.

— Peut-être, dit-il, ou peut-être pas.
— Qu'est-ce qui te fait douter ? demande le chef.
— Quels indices nous font croire à l'acte terroriste ? On l'a tué à distance. Ce qui n'est même pas établi encore, mais admettons. Nous dirions la même chose si l'on avait placé une bombe dans sa voiture. Seulement ces deux méthodes sont utilisées aussi par le crime organisé. Nous savons que la frontière entre terrorisme et crime organisé devient floue...
— Exact, l'interrompt le chef. C'est pourquoi il se peut que les terroristes aient collaboré avec les malfaiteurs.
— Je ne peux pas l'exclure, mais pour l'instant, c'est autre chose qui me préoccupe. Qui a mis le portable dans la poche de la victime ? C'est peut-être le complice de l'assassin qui l'a placé là après le crime.
Le chef s'empresse d'approuver :
— C'est le plus probable.
— Je n'en suis pas sûr. Pourquoi Demertzis s'est-il rendu au Centre olympique ? Quelqu'un qu'il connaissait a dû lui donner rendez-vous là-bas. Dans ce cas, l'hypothèse de l'acte terroriste est bien affaiblie, même si elle n'est pas à évacuer totalement.
J'interviens :
— Il y a autre chose.
— Quoi ? demande le chef.
— Le fait que Demertzis a construit des bâtiments olympiques. C'est là qu'il a gagné beaucoup d'argent. Donc, il n'était pas difficile de l'attirer près d'un bâtiment olympique, même s'il ne l'a pas construit lui-même.
— Conclusion ? demande le chef, qui voit sa théorie prendre l'eau.
— Il n'y a pas de conclusion, chef, intervient Guikas pour la première fois. Pour l'instant, nous attendons

les résultats de l'autopsie et de l'expertise balistique. Entre-temps nous ratissons la zone, nous cherchons des témoins.

– L'un des criminels a-t-il pu accompagner Demertzis jusqu'au lieu du crime ? me demande le chef.

– Dans ce cas, nous trouverons des traces dans la voiture, mais j'en doute. L'assassin n'aurait pas pris le risque d'être vu en voiture avec la victime.

– Nous n'avons pas de communiqué, dit Guikas, mais il se peut qu'il apparaisse dans les prochains jours.

– Ça dépend, remarque Gonatas. Ils considèrent peut-être que le message sur Polytechnique en tient lieu.

À la sortie de la réunion, le même Gonatas commente en riant :

– On dirait que le terrorisme et le crime sont comme cul et chemise.

Contrairement à son prédécesseur, il n'est pas sot et inspire la sympathie.

– Je vais envoyer mes hommes passer la zone au peigne fin, dis-je, en compagnie de la police locale, et je te tiens au courant.

Je donne mes instructions à Vlassopoulos, puis j'appelle Koula.

– Cherche l'adresse de Demertzis et préviens sa femme que je veux la voir demain.

Koula revient cinq minutes plus tard, l'air sombre.

– Malheureusement, je ne crois pas que vous puissiez la voir. On l'a emmenée à l'hôpital.

– Où ça ?

– À Maroussi, près de chez eux.

– Trouve-moi son médecin.

C'est une femme, qui s'appelle Fokidou.

– Vous n'allez pas pouvoir l'interroger tout de suite, je le crains, monsieur le commissaire. Elle est en soins intensifs, très choquée, et je ne sais pas quand nous pourrons l'en sortir.

Puisque la porte est fermée, je me décide pour une visite au bureau de Katérina et Mania avant de parler au fils Demertzis. Je veux me faire une idée des répercussions sur lui de la liaison paternelle. Mania, fine psychologue, pourra sans doute m'ouvrir une fenêtre.

10

Le bureau se trouve dans Pagrati, rue Grigoriou Theologou. Je monte au troisième et sonne. C'est Katérina qui m'ouvre, ayant le bouton dans son bureau. Un avocat s'interrompt plus facilement qu'un psychologue.

Elles ont trois pièces et un petit vestibule. La salle d'attente est séparée du bureau de Katérina par une porte coulissante, et celui de Mania, plus tranquille, se trouve au fond du couloir.

Dans la salle d'attente, un jeune barbu maltraite son portable avec ses deux pouces. Il n'a pas entendu la sonnette, j'en suis sûr, et ne m'a pas vu entrer dans la pièce. Il est visiblement toxicomane, mais je ne sais pas s'il vient pour le soutien psychologique de Mania ou pour l'aide judiciaire de Katérina.

Mania apparaît la première. Surprise de me voir, car je ne passe pas souvent.

– Vous avez pensé à nous, monsieur le commissaire ! Comment se fait-il ?

– J'ai besoin de ton aide.

Elle rit.

– Pourquoi ? La police a perdu ses psys, en plus de ses salaires ?

– Il s'agit d'une affaire dont tu es informée.

— Je vois, dit-elle aussitôt. Laissez-moi le temps de terminer avec Yannis. Viens, Yannis.

Le jeune homme la suit sans quitter son portable des yeux et des doigts.

Je ne reste pas longtemps seul. La porte de Katérina s'ouvre et ma fille apparaît en compagnie d'une dame de cinquante ans.

— Je vais tenter de le tirer de là, madame Loukopoulou, dit-elle devant la porte d'entrée. On essaie en ce moment de désengorger les prisons, nous y arriverons peut-être. Il est simple utilisateur, ça aide. Ce qui aiderait plus encore, c'est qu'il accepte d'aller dans un centre de désintoxication.

— Vous ne pourriez pas le convaincre, madame Charitou ?

— Je vais faire mon possible. Mme Lagana va lui parler elle aussi.

— Comment a-t-il pu se droguer ? soupire la dame. C'est un bon garçon. Comment a-t-il pu ?

— Les bons garçons aussi se droguent, madame.

— Le fils Demertzis, c'est un mauvais ? dis-je dès qu'elle a refermé la porte.

— C'est pour lui que tu viens ? Entre, qu'on en discute.

Son bureau est sobre, il lui ressemble. Un ordinateur, un fauteuil pivotant, deux chaises et des livres de droit dans une bibliothèque. Tous les meubles sortent de chez IKEA.

— Tu as parlé avec ton client après le meurtre de son père ?

— Par téléphone. Il était calme. Il m'a dit que cela devait arriver à son père tôt ou tard.

— Ce qui veut dire ?

— Je ne sais pas. Il n'a pas voulu s'expliquer. Il a changé de sujet, m'a demandé des nouvelles de sa mère.

Je lui raconte l'histoire de la liaison du père. Elle me regarde, l'air songeur.

— Tu crois, dit-elle, que c'est la cause de sa haine envers son père ?

— Je n'en sais rien. Je suis flic, pas psychologue. Je suis venu prendre l'avis de Mania. Je dois aller demain à la prison de Korydallos interroger Kyriakos. Tu crois que ça poserait problème si tu assistais à l'interrogatoire en tant que son avocate ?

— Aucun, du moment que tu l'interroges en tant que témoin.

Mania entre dans le bureau en trombe, comme toujours. Elle me serre dans ses bras et me fait la bise.

— Quand j'étais dans la police, je vous voyais plus souvent. Maintenant que vous dînez avec votre fille, vous m'avez oubliée.

— Ne sois pas injuste. Nous t'avons invitée pour le Nouvel An, on n'a vu personne.

— J'étais en Allemagne, répond-elle, et elle change aussitôt de sujet. Il s'agit du meurtre de Demertzis, ou je me trompe ?

— Bien vu, répond Katérina, et cette fois elle lui raconte l'histoire en entier.

— Eh bien, admettons que la haine de Kyriakos envers son père vienne de là, dit Mania. Son angoisse quant à la santé de sa mère semble confirmer l'hypothèse. Mais en quoi cela vous aide-t-il, monsieur le commissaire ? D'après ce que Katérina nous rapporte, je ne vois pas là une vengeance ou un crime passionnel. Le slogan de Polytechnique nous mène ailleurs.

— Où donc ?

— Je l'ignore pour l'instant. Moi, en tout cas, je

m'intéresserais plutôt à cette remarque sur son père à qui cela devait arriver tôt ou tard. Mais le garçon s'est complètement verrouillé, vous aurez bien du mal à trouver la clé.

— Je vois que tu n'as pas oublié ce que tu faisais si bien dans la police, dis-je pour la taquiner.

Elle rit.

— On ne me laisse pas l'oublier. La moitié de ceux qui viennent à nous a déjà un casier judiciaire et l'autre moitié se trouve dans le mauvais chemin.

La conversation prend fin et nous nous préparons, Katérina et moi, à rentrer dîner.

— Tu viendras dîner avec nous ? dis-je à Mania.

— Je ne peux pas, c'est dommage, monsieur Charitos. Uli est là.

Elle échange avec Katérina un regard complice. Je ne pose pas de questions, par discrétion, mais la coïncidence entre ce nom allemand et le voyage de Mania au Nouvel An m'a déjà donné la réponse.

La rue Grigoriou Theologou n'est pas loin de notre rue Aristokleous et nous pourrions aisément rentrer à pied, mais je ne veux pas laisser ma voiture ici. Nous passons par les rues Formionos, Philolaou et Timotheou.

— C'est qui, ce Uli ?

— Son nouvel amoureux. Elle l'a rencontré en vacances à Astypalea, mais je n'ai pas les détails.

Elle rit.

— Alors que toute l'Europe, avec nous en tête, crache sur l'Allemagne, Mania tombe amoureuse d'un Allemand. Je n'ai pas encore pu déterminer si elle aime nager à contre-courant ou si elle se trompe de courant sans arrêt. Mais c'est une fille formidable, une psy formidable et c'est ça qui compte.

Chez moi nous trouvons Adriani et Phanis assis côte à côte sur le canapé devant la télévision.

– Le gouvernement a démissionné, nous annonce Adriani.

– Tu comprends ce que ça représente ? me dit Phanis. On a parlé de suspension des salaires pour trois mois. Ajoute trois semaines de période électorale plus une semaine d'élections. Le temps qu'on forme un gouvernement, qu'on vote la confiance, que les nouveaux ministres s'installent, les trois mois deviendront six. Et encore, si on a de la chance. On risque d'avoir de nouvelles élections, ce qui ajoutera encore un mois. Pour l'instant on se serre la ceinture. Après six mois, on n'aura même plus de salive.

– Quand j'ai proposé de faire marmite commune, ma fille m'a prise pour une folle, dit Adriani.

– Que veux-tu, maman. Je suis une enfant de l'abondance passée, moi aussi.

– Quelle abondance, Katérina ? dit Phanis. On ajoutait des étages, c'est tout.

– Qu'est-ce que tu racontes ?

– Tout cet argent qu'on a reçu pendant des années, ces subventions d'un peu partout, cela n'a pas servi à construire du neuf, à investir, à s'équiper, non. On a ajouté des étages à nos maisons. La seule différence avec les années cinquante, c'est l'euro.

– Oui, dis-je, mais nos grands-pères et nos pères savaient que les maisons supportent un seul étage en plus. Alors que nous nous sommes payé trois voitures par famille, des maisons de campagne, des piscines, des canots pneumatiques. Les fondations n'ont pas tenu et la maison s'est effondrée.

– Que voulez-vous, dit Adriani, philosophe. Le malheur est notre cousin. Nous avons vécu avec lui autant que je m'en souvienne. Sous prétexte qu'il s'est éclipsé quelques années, nous avons cru qu'il nous oubliait. Et voilà qu'il retrouve la mémoire.

Nous les rejoignons devant la télévision pour savourer collectivement la douche froide. Sur l'écran, la présentatrice et le commentateur discutent avec le porte-parole du gouvernement.

– Croyez-vous que le moment soit opportun pour convoquer des élections ? demande la présentatrice.

– La Grèce entre dans une ère nouvelle de son histoire, madame Karalidou, répond le ministre. Par conséquent, il est juste que nous nous soumettions au verdict du peuple, de sorte que cette ère nouvelle débute avec un gouvernement qui jouira de la confiance des citoyens.

– Croyez-vous vraiment qu'il existe encore en Grèce des citoyens qui font confiance aux hommes politiques, monsieur le ministre ? demande le commentateur sans dissimuler son ironie.

– Je veux le croire, déclare le ministre, l'air important.

Adriani elle-même, qui d'habitude regarde la télévision plus pour commenter que pour s'informer, ne relève même pas. Que dire ? Elle éteint le poste.

– Allons manger, dit-elle.

Devant la porte de la cuisine, elle s'arrête.

– On a supprimé la viande, supprimé le dessert, à partir d'aujourd'hui on supprime la télé.

– Toi, supprimer la télé ? ironise Phanis. Miracle inespéré, trois jours il a duré, comme disait ma mère.

– Écoute, mon petit Phanis. Ces histoires d'ère nouvelle, c'est n'importe quoi. Nous retournons aux années cinquante. Et dans les années cinquante, on n'avait pas la télé, on écoutait la radio.

Elle a préparé du riz aux poireaux avec l'indispensable feta, ainsi que des poivrons rouges à l'huile. En plein carême économique, elle parvient à nous confectionner deux plats.

Je mange avec appétit, mais l'appel de Guikas me le coupe.

– Tu as vu ça ?

– J'ai vu. Il y a un avantage au moins : nous sommes débarrassés du ministre.

– Oui, mais nous voilà sans tête au pire moment. Comme tu le sais, le poisson pue par la tête. Comme nous avons perdu la nôtre, c'est nous tous qui allons puer. Ça commence dès ce soir.

– Qu'est-ce qui se passe ?

– Viens à Monastiraki et tu verras. Ne prends pas ta voiture. Je t'en ai envoyé une.

Je dis à Adriani que ça remue en ville et que je dois y aller.

– Qui remue ? demande Katérina.

Adriani prend la télécommande et allume la télévision.

– Tu vois ? dis-je à Phanis. Le miracle n'a pas duré trois jours, mais trois minutes.

– On excepte les flashs infos, répond calmement Adriani.

Elle est tombée pile. En haut à droite sur l'écran, s'inscrit « Flash info ». La présentatrice, au centre, s'entretient avec un reporter. Dans la fenêtre, derrière lui, des jeunes courent armés de gourdins.

– Où en est-on, Kostas ? demande la présentatrice.

Sans attendre la réponse, je cours dans ma chambre enfiler mon uniforme. On sonne. Je descends et monte en voiture, la cravate à la main.

11

Le conducteur est un gaillard dans les vingt-cinq ans.
– On m'a dit de vous emmener à Monastiraki au coin de la rue Ermou, monsieur le commissaire, dit-il. Comment y arriver, je ne sais pas. Prier nous aidera peut-être.
– Qu'est-ce qui se passe là-bas ?
– On m'a dit que c'est très chaud, mais patientez un peu. On y sera bientôt et on verra ça en live.
Il met la sirène et démarre en trombe. Nous suivons l'itinéraire classique, par la rue Riyillis et l'avenue Vassilissis Sofias. Bien qu'il soit tard, la circulation est bloquée, toute la zone depuis Syntagma jusqu'à Omonia étant fermée. Malgré la sirène, il nous faut un quart d'heure pour atteindre Syntagma. Nous descendons la rue Mitropoleos, vide, jusqu'à Monastiraki.
Je vois du premier coup d'œil une section de MAT postée au confluent des rues Evripidou et Athinas, tandis qu'une autre ferme la rue Ayion Asomaton côté rue Pireos.
On entend, venant des rues au-delà de l'étau policier, des cris et des bruits de casse. Au milieu de la place, devant la petite église Ayion Asomaton, j'aperçois Guikas qui discute avec Esperoglou, le commandant des MAT. Je les rejoins.

— C'est qui, ces gars-là ? Des casseurs ?

— Les casseurs, c'est fini, me répond Esperoglou. Ceux-là, c'est des sections d'assaut. Ils sortent les immigrés de chez eux, les tabassent et jettent leurs affaires dans la rue. Ils cassent également les magasins qui emploient des immigrés.

— Ils ont recensé tous les lieux où des immigrés vivent et travaillent, ajoute Guikas. Ils ont fait systématiquement ce travail que l'État n'a jamais fait. Si nous avons besoin d'infos, nous savons au moins à qui nous adresser, conclut-il avec une ironie amère.

— Vous ne m'avez pas appelé pour collecter des infos, bien sûr.

— Non, répond Esperoglou. On tâche de bloquer tous les accès et on joue à cache-cache avec eux dans les petites rues.

— Tu le vois, dit Guikas, le poisson qui pue sans sa tête ? Nous cherchons un procureur pour couvrir l'opération et ils sont tous planqués. Aucun d'eux n'ose prendre la responsabilité.

— Va dire aux gars de les repousser, remarque Esperoglou. S'il y a des morts, comment prouver qu'ils n'ont pas été tués par nous ?

— Tu vas lancer des lacrymos ? demande Guikas.

— Comment veux-tu ? Il y a des blessés dans la rue. Ils vont mourir asphyxiés. Mais voilà les ambulances.

Il en montre deux qui s'arrêtent devant la station Thissio.

L'un des conducteurs descend et nous rejoint en courant.

— Où sont les blessés, commandant ?

— Dispersés dans les rues. Vous ne pouvez pas les ramasser avant la fin du grabuge. Les sections d'assaut vont vous tomber dessus et ce sera pire.

– Et moi, je fais quoi ? dis-je à Esperoglou.
– Tu t'occupes du groupe de policiers, là-bas. Veille surtout à ce qu'aucun d'eux ne pète les plombs.

Tandis que je m'approche d'eux me parviennent des bruits pêle-mêle, portes enfoncées, vitrines brisées, injures, menaces, cris de douleur. Les policiers ont avalé leur langue. Ils ne parlent même pas entre eux, tous gagnés par la nervosité.

– Et ce n'est qu'un début, dit une voix derrière moi.

Je me retourne. C'est Sotiropoulos, le pape des reporters aux affaires policières.

– Pour l'instant ils traquent les immigrés, demain ce sera notre tour.

– Tu pousses un peu, Sotiropoulos, dis-je, avant tout pour prévenir une réaction brutale des autres flics.

– La même chose est arrivée en Allemagne. Ils ont d'abord traqué les Juifs, puis ils s'en sont pris aux opposants, c'est-à-dire à ceux qui n'étaient pas de leur côté, et pour finir ils ont pris le pouvoir avec Hitler. Ici comme là-bas, la moitié des gens applaudit et l'autre moitié dit : « Bon, c'est rien, c'est juste une bande de voyous. » Moi j'ai réussi à leur échapper, sinon je serais l'une des premières victimes.

– Leur échapper ? De quoi parles-tu ?
– J'ai pris ma retraite.

Je n'en reviens pas. Lui, à la retraite ?

– Eh oui. J'ai réussi à le faire avant que l'État nous dise, trop tard, c'est complet. Avant que ces néo-nazis me liquident. Cela fait des années qu'ils m'ont à l'œil.

Un silence, puis, sans me regarder :

– J'ai appris que tu t'occupes du meurtre de Demertzis.
– Tu es bien renseigné, comme toujours.
– Sais-tu que Demertzis était un grand copain de Lakodimos ?

– Ce nom me dit quelque chose.

– Lakodimos était vice-ministre, responsable des chantiers olympiques...

Le bulletin d'informations est interrompu brusquement par Esperoglou qui m'appelle.

– Kostas, ils ont mis le feu à un entrepôt dans la rue Lepeniotou, où des immigrés sont logés. On envoie les pompiers, mais il faut que tes hommes y aillent aussi. En douceur. N'aggravons pas les choses.

– Derrière les voitures des pompiers, dis-je, pour être protégés.

Je vais expliquer la chose aux policiers. Ils me regardent sans un mot, mais je lis la peur dans leurs yeux.

– Pourquoi ils n'envoient pas les MAT ? demande un jeune.

– Parce ce que si nous desserrons l'étau, ils vont déferler et tout casser.

On avance, les voitures de pompiers devant, nous derrière. Le feu se trouve au milieu de la rue. Devant l'entrepôt, une vingtaine de bodybuildés, crâne rasé, boucle à l'oreille, s'extasient devant leur œuvre. Le feu a brûlé la porte et s'étend vers l'intérieur. Ceux qui se trouvent là-dedans mourront brûlés vifs ou asphyxiés.

L'arrivée des pompiers excite les culturistes.

– Vous êtes venus éteindre le bac à ordures ? ironise l'un d'eux.

– Quand la Grèce crame en été, vous n'êtes pas si pressés, renchérit un second.

Les voyant prêts à se jeter sur les voitures pour leur bloquer la route, je place mes hommes devant, mais que va-t-il se passer si ces bêtes fauves nous tombent dessus ? Heureusement ils n'avancent pas d'un pas et nous regardent sans un mot.

— Nous n'avons rien contre vous, dit celui qui semble être leur chef après un long silence. Pour nous, les policiers sont nos frères. Ceux que nous ne trouvons pas sur notre route, nous les récompenserons demain.
— Si ce putain d'État gaulait ceux qui engagent des immigrés, qui ne payent ni impôts ni sécu, lance un autre, alors vous n'auriez pas besoin de nous pour vous tirer de la merde.
Le chef se tourne vers moi.
— Mais les traîtres le paieront cher, commissaire, sache-le. Surtout quand leurs filles ont un faible pour les ordures.
Tous les regards se tournent vers moi. Mes hommes ont l'air inquiets, ne sachant pas comment je vais réagir.
Je jette un coup d'œil aux pompiers. Ils attendent l'issue des négociations, craignant de se faire attaquer s'ils interviennent. Le feu se développe, mais on n'entend pas de cris. Les occupants ont dû quitter les lieux. Je regarde mes hommes. Ils sont prêts à accepter la proposition du meneur et s'en aller. Je dois prendre une décision, et vite.
Je me tourne vers le chef présumé.
— Écoute. Cette discussion-là, ce n'est pas à nous de l'avoir. Allez dire ça à d'autres. Ce que nous voulons, nous, c'est que tout se termine tranquillement. Je propose que nous partions, vous et nous, en laissant les pompiers faire leur boulot. L'entrepôt est peut-être un bac à ordures pour vous, mais nous n'allons pas faire brûler tout le quartier pour un bac à ordures. Si vous bloquez les pompiers, vous n'aurez pas affaire à nous, mais aux MAT. S'ils vous attrapent, vous serez jugés comme incendiaires, et ça coûte cher.
Il réfléchit, puis :
— D'accord. Mais toi, je t'ai repéré.

Il se tourne vers sa bande :
— On s'en va.

Lui ne bouge pas. Il attend que nous partions d'abord.

Les pompiers se mettent au travail et je donne le signal du départ à mes hommes, tandis qu'une question me tourmente : Combien d'entre eux changeraient volontiers de camp ?

Vers deux heures du matin, les ambulances peuvent enfin recueillir les victimes. On compte un mort et vingt blessés.

Il est trois heures quand j'arrive chez moi. Katérina et Phanis sont partis, Adriani est allée se coucher. Elle pousse un grognement quand je m'allonge près d'elle. Je reste sur le dos, obsédé par les menaces du type visant Katérina. Pas moyen de fermer l'œil de toute la nuit.

12

Terreur. n.f. 1) Peur extrême qui bouleverse, paralyse. 2) Régime politique fondé sur le recours à des mesures propres à terroriser la population. *Terreur rouge*, imposée à la bourgeoisie par un gouvernement révolutionnaire. *Terreur blanche*, imposée par la classe bourgeoise détenant le pouvoir.

Mon dictionnaire me déçoit encore. Pas un mot sur les terroristes. Dimitrakos, à son époque, il est vrai, n'a pas connu ceux du 17-Novembre ou de Lutte révolutionnaire. Quant à la terreur blanche, nous n'en avons plus, à moins de nommer ainsi cette menace continuelle d'une nouvelle coupe dans les salaires et les retraites.

Telles sont mes pensées tandis que j'entre dans la cuisine pour mon premier café de la journée. Le second, je le prends au bureau. Je trouve Adriani habillée pour sortir et je m'étonne. Sortir si tôt n'est pas dans ses habitudes.

– Je vais au marché acheter du poisson, anchois ou sardines, pour les cuire au four avec une sauce citron.

Elle ne fréquente plus le poissonnier du coin, trop cher à son avis, et dont les poissons ne sont pas frais, mais humidifiés.

– Et tu as besoin d'y aller aux aurores ?

Elle me gratifie de son regard supérieur, celui qu'elle arbore pour me clouer le bec.

– Mon chéri, la dernière fois que tu as fait les courses, tu étais à l'École de police. Les meilleurs poissons, au marché, tu les trouves tôt le matin. Plus tard, on n'a plus rien de bon.

J'abandonne cette discussion où j'aurais sûrement le dessous. Je propose à Adriani de l'emmener jusqu'à la station du trolley dans l'avenue Vassilissis Sofias.

– Tu as regardé la télé hier soir ? lui dis-je dans la voiture.

– Je ne peux plus. Toute cette haine. Voilà où nous en sommes : haïssons-nous les uns les autres.

– Tu exagères.

– Tu crois ça ? Nous haïssons les Allemands. Les Allemands et quelques autres nous haïssent. Nous haïssons les immigrés et voulons les chasser. Mais eux ne sont pas venus pour rester chez nous. Ils veulent aller ailleurs en Europe. Nous les avons enfermés en Grèce et ils nous haïssent. Ce qui est encore épargné par la haine, c'est la famille.

Je me retiens pour ne pas lui raconter l'histoire de Demertzis qui ruinerait ses dernières illusions. Je la laisse devant le Hilton.

– Finalement, dit-elle, ce n'est pas difficile d'aller à ton bureau par les transports en commun.

– C'est vrai. Il suffit de prendre le trolley à Evanghelismos.

– Et pourquoi tu ne le fais pas ? Pour vous autres, c'est gratuit. Est-ce raisonnable de gaspiller l'essence par les temps qui courent ?

Et elle descend de la Seat, me laissant seul à ruminer l'idée jusqu'au bureau. En fait, elle n'a pas tort.

Quand on ne sait pas quand on sera payé, la voiture devient un luxe. D'un autre côté, ce n'est pas facile de quitter d'un coup ses habitudes. La Mirafiori, que j'avais pourtant achetée d'occasion, m'a emmené au boulot pendant trente ans. Mon étage rajouté, comme dit Phanis, c'est la Seat. La maison tient encore, mais on ne sait jamais.

À peine arrivé, j'appelle Dimitriou, en partie pour savoir où en est l'enquête de l'Identité judiciaire, en partie pour oublier le cas de conscience infligé par Adriani.

– On a quelque chose, monsieur le commissaire, mais on ne sait pas encore où ça peut nous mener.

– La voiture de Demertzis ?

– Non, de ce côté-là on n'a rien trouvé. Mais dans son portable personnel il y a un appel entrant venu d'un portable, auquel il n'a pas répondu, et dont le numéro ne revient pas. Tous les autres appels, entrants ou sortants, sont professionnels ou familiaux. Nous avons contacté le fournisseur d'accès et nous vous préviendrons dès qu'il aura répondu.

Je passe dans le bureau d'à côté. Koula est collée à l'écran, Papadakis range des dossiers, Vlassopoulos et Dermitzakis sont invisibles.

– Ils sont retournés à Paleo Faliro. Les recherches d'hier n'ont rien donné.

Nous cherchons une aiguille dans une botte de foin. La zone autour du Centre olympique est l'une des plus fréquentées. Le type qui a téléphoné a pu s'installer dans un café, une voiture, et appeler en nous voyant arriver près du corps. Pour le repérer, on peut toujours courir.

– Prévenez la prison de Korydallos que je vais venir interroger Kyriakos Demertzis. Papadakis, demande une voiture et prépare-toi.

Il me jette un coup d'œil incrédule.

– On y va tous les deux ?

– Pourquoi, tu voudrais qu'ils nous donnent un chauffeur en plus ?

À l'instant où je regagne mon bureau, le téléphone sonne. C'est Stavropoulos.

– Le tireur était à trois mètres environ, à la même hauteur que la victime. La balle est entrée par l'omoplate gauche et a troué le cœur. La mort a été immédiate.

– Un travail de pro ?

– S'il avait tiré d'en haut, depuis le toit du gymnase, je dirais oui sans réserve. Mais tirer à distance moyenne et depuis le même niveau est plus facile. Je ne peux pas répondre.

– Sais-tu quelle arme il a utilisée ?

– La prochaine fois tu confieras l'autopsie au service de balistique et moi je m'occuperai de l'arme.

Et il raccroche.

13

Le chemin le plus court pour aller à la prison passe par les rues Petrou Ralli et Grigoriou Lambraki. Ce trajet simple en apparence devient une odyssée en cas d'embouteillages, de travaux imprévus ou de manifestations.

Papadakis n'improvise pas, il suit le parcours classique. La voie est libre, pas besoin de mettre la sirène qui nous tape sur les nerfs.

Cette facilité à se déplacer m'inspire des sentiments mêlés. Pour les gens qui gagnent autant que moi, l'automobile est devenue immobile. Je suis l'un des rares à rouler encore. Bientôt on va enquêter sur mes revenus, pensant que j'ai des ressources cachées, puisque je peux encore me payer de l'essence.

– J'ai appris qu'hier soir vous vous êtes débrouillé comme un chef, dit Papadakis. Ce matin à la cafétéria, des collègues m'ont dit : « Sans Charitos, on se faisait exploser. »

– À mon avis, ce n'est pas moi qui leur ai fait peur, mais les MAT.

– En tout cas, vous les avez sortis de là intacts.

Il hésite un instant, puis ajoute :

– Pour cette fois. Au prochain coup, on n'est sûr de rien.

– Pourquoi ?

– Parce que ça va recommencer, encore et encore, et que ceux-là sont chaque fois plus agressifs. Je viens d'une famille crétoise de gauche, monsieur le commissaire. Mon grand-père a combattu les Allemands avec son frère. Ce frère a rejoint ensuite l'armée démocratique pendant la Guerre civile et a pris le maquis cinq ans pour éviter la déportation. Mon grand-père n'a pas pris part à la Guerre civile, et avec un petit coup de pouce du député local j'ai pu entrer à l'École de police. N'écoutez pas ceux qui disent que les policiers sont leurs frères. Ils trouveront des frères dans la police, soyez-en sûr, mais moi, pour eux, je serai un chiffon rouge.

Il nous faut trois quarts d'heure pour arriver à la prison. Je donne mon nom à l'entrée et un gardien me mène dans le bureau du directeur. J'ai pensé un instant prendre Papadakis avec moi, mais je crains que Kyriakos ne se verrouille encore davantage.

– Je vais faire amener Demertzis, me dit le directeur, vous serez à l'aise ici pour l'interroger.

Un instant plus tard, Kyriakos fait son entrée. Il a gardé les mêmes vêtements que dans le bureau de Peressiadis.

– Bonjour, monsieur le commissaire, me dit-il poliment.

– Bonjour, Kyriakos. Assieds-toi.

Je m'assois en face de lui.

Son séjour en prison ne semble pas l'affecter. Il ne montre aucun signe d'abattement ni de nervosité, contrairement aux autres prisonniers, les premiers jours du moins. Il me regarde paisiblement avec un sourire presque amical.

– Ce qui m'amène, c'est la mort de ton père, lui

dis-je, amicalement moi aussi. Tu comprends, nous voulons parler d'abord avec sa famille proche.

– Ce que je savais, je l'ai déjà dit à votre fille, répond-il tranquillement.

– Un avocat ne rapporte pas les confidences de ses clients à la police, même quand le policier est son père. Mais je crois que j'oublie quelque chose. Dois-je te présenter mes condoléances pour la mort de ton père ?

Il ne s'y attendait pas.

– Pourquoi cette question ?

– Lors de votre rencontre à la Sûreté, ce qui m'a frappé, c'est ton antipathie à son égard – pour ne pas dire plus. Pourquoi cette haine ?

– Je ne pouvais pas supporter son hypocrisie, répond-il sans hésiter.

– Son hypocrisie avec toi seulement, ou avec tous ?

– Écoutez. Mon père a réussi. En partant de rien il a fait fortune. Or un entrepreneur qui réussit ne peut pas être un enfant de chœur. Il faut des relations, des transactions secrètes, des pots-de-vin, des subventions aux partis et aux politiciens. Mais mon père ne parlait jamais de tout cela. Il n'avait que son passé politique à la bouche. Dès qu'on l'interrogeait sur son métier, il vous racontait Polytechnique. Son passé politique était une éponge qui effaçait tout le reste.

– Et pourtant il voulait t'embaucher dans son entreprise.

Il rit.

– Il voulait d'abord m'envoyer auprès de Petrakos, pour apprendre la gestion financière, dont j'ignorais tout. Ensuite j'allais passer par le département technique, et devenir directeur général, sous le contrôle de mon père. Vous avez rencontré Christos Petrakos, monsieur le commissaire ?

— Oui, nous avons commencé l'enquête par la Domotekniki.
— Petrakos était l'œil et l'oreille de mon père dans l'entreprise. Vous savez où ils se sont rencontrés ?
— Non.
— À la police militaire, monsieur le commissaire.
— À la police militaire ?
Cela me semble incroyable.
— Mon père s'est fait torturer là-bas. C'était une rencontre collatérale, comme on parle de dégâts collatéraux. Mon père disait que Petrakos l'avait sérieusement aidé. D'accord, je ne veux pas être injuste, Petrakos ne torturait pas. Il travaillait dans un bureau.
— Comment se sont-ils connus ? Je suppose que ton père n'a pas fait le tour des bureaux quand il s'est trouvé là-bas.
— Petrakos est allé le voir au début du chantier olympique. Mon père l'a embauché parce qu'il voulait un dur sur les chantiers.
Il rit encore.
— Les deux colonnes qui soutenaient l'entreprise, monsieur le commissaire, c'étaient un militaire et un révolutionnaire.
— Qui était le second ?
— Thanassis Lakodimos.
Je fais mine d'entendre ce nom pour la première fois, tout en me disant que Sotiropoulos, une fois de plus, est bien renseigné.
— Le vice-ministre chargé du chantier olympique. C'est par lui que passaient toutes les adjudications. Il est ingénieur, comme mon père. Ils ont étudié ensemble à Polytechnique, occupé ensemble l'école, et se sont retrouvés ensemble à la police militaire. Après cela ils sont restés amis jusqu'au bout.

– Sais-tu s'il y avait autre chose entre eux, à part les adjudications ?

– Je n'en sais rien. Quand Lakodimos venait chez nous avec sa femme, ils parlaient toujours des moments héroïques du passé. Le reste était fermé au public.

Je souhaite évoquer la vie amoureuse de son père, mais il faut y aller prudemment, de peur qu'il ne se bloque à cause de sa mère.

– Nous avons appris que ton père avait une liaison, dis-je d'un ton neutre.

Mes craintes n'étaient pas fondées :

– Avec Athina, répond-il tristement. Athina, victime des jeux Olympiques.

– Pourquoi dis-tu cela ?

– Dans l'euphorie générale des Jeux, mon père s'est dit qu'en plus de ses succès professionnels, il se devait d'avoir une maîtresse, et il a séduit sa secrétaire. Après la fête, quand tout est retombé, il l'a plaquée pour rentrer au bercail. Et l'hypocrisie s'est étendue à ma mère. Ils jouaient au couple heureux. Pour moi, ç'a été le coup de grâce. Je me suis inscrit à la fac de Crète et j'ai quitté la maison. Je n'y ai jamais remis les pieds.

– Tu connais le nom de la fille ?

– Non. Nous nous sommes parlé deux ou trois fois au téléphone, ou quand j'allais au bureau de mon père. Mais pourquoi l'embêter, monsieur le commissaire ? Elle n'a sûrement aucun rapport avec la mort de mon père. Elle a dû refaire sa vie.

– Tu veux voir ta mère ?

– Elle est encore en soins intensifs.

– Quand elle ira mieux ?

Il réfléchit.

– Je peux demander l'autorisation, on me l'accordera.

D'un autre côté, je ne veux pas la voir en présence d'un policier. Cela va la troubler plus encore.

— Le policier peut rester à la porte de sa chambre. Renseigne-toi, et si on te dit que le policier doit te suivre dans la chambre, fais-le savoir à Katérina, je ferai le nécessaire.

— Merci, dit-il simplement.

— C'est bon, Kyriakos. Ce sera tout.

— Saluez Katérina de ma part.

Il se lève. Quand il ouvre la porte, je vois le gardien dehors qui l'attend.

Je reste dans le bureau pour saluer le directeur, qui arrive aussitôt.

— Comment cela s'est-il passé, si je puis me permettre ?

— Je me demande comment un garçon comme Kyriakos Demertzis a pu devenir dealer, monsieur le directeur.

— Je me le demande aussi. Vous savez qu'il donne des cours aux détenus qui veulent étudier ?

Cette histoire de deal cache un mystère qui m'échappe, me dis-je en quittant la prison. Mais par ailleurs, je vois démenti le point de vue de Petrakos sur l'hostilité du fils qui serait due à la liaison du père.

Papadakis m'attend dans la voiture.

— On rentre, monsieur le commissaire ?

— Oui, mais j'appelle d'abord Vlassopoulos.

— Chou blanc, monsieur le commissaire, répond celui-ci. Personne n'a rien vu. Nous perdons notre temps.

Je lui dis de rentrer au bureau et j'informe Papadakis. Je veux le mettre dans le coup, pour qu'il ne se sente pas exclu, et parce que la situation échappant à tout contrôle, je vais avoir besoin de tout le monde.

– Je peux vous dire une idée qui m'est venue, monsieur le commissaire ?

– Vas-y.

– Si c'est idiot, ne le mettez pas dans mon dossier, dit-il, à moitié sérieusement.

– Dans ce service, nous disons tous des idioties par moments. C'est le seul moyen de faire avancer une enquête.

– Et si l'assassin et son complice étaient venus par la mer ?

– Par la mer ?

– Elle se trouve juste derrière. Ces jours-ci elle était calme, et les bateaux se font rares en hiver. S'ils sont venus par la mer, personne ne pouvait les repérer.

– Papadakis, non seulement ce n'est pas idiot, mais il faut vérifier ça tout de suite. Mets le cap sur le Centre olympique de Faliro.

J'appelle Vlassopoulos et lui donne rendez-vous à l'entrée du Centre olympique. Papadakis rejoint le Pirée par la rue du 28-Octobre, encombrée par les camions, puis le trafic devient plus fluide, mais il est midi quand nous atteignons le Centre.

Vlassopoulos et Dermitzakis nous attendent à l'entrée. Ils ont pris la clé et nous ouvrent. Nous allons directement à l'arrière de l'ensemble, qui donne sur la mer. Je ne suis pas expert en plongée, mais je suppose qu'on peut facilement grimper par là, si l'on n'est pas trop lourdement armé.

Vlassopoulos est d'accord avec moi.

– Bravo, Papadakis ! s'écrie Dermitzakis admiratif.

Papadakis ne dit rien, mais son large sourire parle pour lui.

– Dommage qu'on n'y ait pas pensé plus tôt, dis-je.

Les traces ont dû disparaître. Mais prévenons Dimitriou tout de même, on ne sait jamais.

Je m'apprête à monter en voiture quand mon portable sonne. C'est Koula.

– J'ai trouvé l'adresse du domicile de Lakodimos, monsieur le commissaire. Mais pas celle de son bureau.
– C'est où ?
– À Glyfada.
– Envoie-la par SMS à Dermitzakis et préviens Lakodimos que je veux l'interroger à propos du meurtre de Demertzis.

Le SMS arrive. Lakodimos habite rue Lazaris, parallèle à la rue Posidonos. Je renvoie Dermitzakis et Vlassopoulos au bureau et reprends la route avec Papadakis.

14

La maison de Thanassis Lakodimos est une forteresse. De hauts murs protègent l'habitation des regards. Le portail blindé, muni d'un guichet, a de quoi rendre jalouse une porte de prison.

Papadakis sonne et le guichet s'ouvre sur deux yeux qui nous inspectent.

— Commissaire Charitos et commissaire adjoint Papadakis. Nous avons rendez-vous avec M. Lakodimos, dis-je aux yeux braqués sur moi.

Le portail s'ouvre juste ce qu'il faut. Le propriétaire des yeux, genre haltérophile mâtiné de dompteur, referme aussitôt derrière nous.

— Il faut que je vous fouille, dit-il d'un ton sans réplique.

— Nous ne t'avons pas dit que nous sommes de la police ? dis-je en m'efforçant de garder mon sang-froid.

— On m'a dit que tous ceux qui entrent ici, je dois les fouiller. Qu'est-ce qui me prouve que vous n'êtes pas des terroristes déguisés ?

— Regarde nos papiers.

— Pas de papiers, dit-il sèchement.

— Ouvre ou on s'en va, dis-je du ton du flic qui ne plaisante pas.

Le type me regarde. Je poursuis :

— Demain matin j'envoie une convocation d'urgence à ton patron qui devra venir se faire interroger à la Sûreté. Gardes du corps et vigiles sont interdits là-bas. Toi et ses autres chiens de garde, vous l'attendrez dehors.

— Un instant, je vais demander, dit l'homme, et il saute sur le téléphone.

C'est la première fois que le centre de décisions dans son cerveau fonctionne aussi vite.

La vulgarité grecque dans toute sa splendeur, me dis-je. Des remparts, des portails blindés, des vigiles, et personne pour penser à informer le gorille de l'entrée que des flics vont se pointer. Comme dans nos ministères, où tout fonctionne électroniquement, mais où pour finir il n'y a personne pour vous fournir le moindre papier.

— Montez l'escalier, dit le vigile, quelqu'un vous recevra en haut.

Si l'on s'attendait à voir un château médiéval, on s'est trompé. Je trouve devant moi une villa toute blanche, à étage, entourée d'un jardin qui semble dessiné par un paysagiste frimeur : rosiers de toutes couleurs, tournesols, plantes exotiques apparemment venues d'Afrique, d'où émergent un oranger sauvage, un pommier et un poirier, plantés là comme pour surveiller le reste.

Nous montons les marches, traversons une vaste terrasse et entrons dans la villa. Devant nous, une grande salle où les rares meubles sont collés aux murs, comme si l'on se préparait pour un bal.

Nous sommes reçus par une Asiatique à l'âge indéfinissable.

— Entrez, monsieur attend vous, dit-elle.

Nous la suivons dans un escalier en colimaçon et entrons dans une pièce où le maître de maison nous reçoit, debout derrière son bureau, devant une baie vitrée qui donne sur la mer.

– Veuillez m'excuser pour le malentendu, dit-il après les présentations. J'avais donné des instructions, mais le personnel n'a pas informé l'accueil.

– Les mesures de sécurité sont impressionnantes, monsieur Lakodimos, dis-je.

– La question est de savoir si elles suffisent.

– Comment ça ?

– J'ai peur, monsieur le commissaire. J'ai peur de mettre le nez dehors. J'ai peur de marcher dans la rue. J'ai peur d'aller manger dans une taverne. Un jour, quand je sortais du Parlement, on m'a lancé des yaourts. Je me suis fait agresser dans une manifestation et je me suis retrouvé à l'hôpital, pour quelques heures. Dans une taverne on m'a insulté. Quand on pense que j'ai subi tout cela du temps de l'euro... Vous imaginez ce qui m'attend avec la drachme. Je me suis donc enfermé chez moi, j'ai mis des gardes partout pour me sentir tranquille.

Il attend une réaction de ma part, en vain. Les mésaventures d'un député ou d'un ministre n'intéressent en rien le policier qui n'est pas en service et sait qu'il ne sera pas payé les prochains mois.

Ne voyant pas venir la réponse, il poursuit :

– Voulez-vous que je vous dise ? C'est injuste, monsieur le commissaire. Nous avons commis des erreurs, sans doute, mais nous avons beaucoup donné au pays. Maintenant on nous accuse de l'avoir coulé. D'accord, mais avant qu'il coule nous l'avons redressé. Nous avons augmenté les salaires et les retraites, nous avons créé des emplois. On vient nous dire que tous ces gens étaient nos clients parce qu'ils étaient dans la fonction publique. Les emplois publics ne sont-ils pas des emplois ? Tout l'argent qui est entré dans les caisses de l'État, nous l'avons distribué aux citoyens.

Si les gens ont mal géré leur argent, est-ce notre faute ? Était-ce à nous de leur imposer un mode d'emploi ? Est-ce notre faute si nous n'avons plus rien à leur donner ?

Il se rend compte soudain que je ne suis pas venu pour écouter sa sainte indignation et il revient au présent.

— Mais vous n'êtes pas là pour entendre mes plaintes.

— Ce qui m'amène, c'est le meurtre de Yerassimos Demertzis.

Il hoche la tête, accablé.

— Le malheureux. Savez-vous depuis quand nous étions amis ? Depuis l'occupation de Polytechnique. Ensemble à Polytechnique, ensemble à la police militaire. Nous ne sommes pas des fils de famille, monsieur le commissaire. Nous voulions changer la Grèce et nous avons été les premiers à payer le prix.

Je m'efforce de le ramener à notre sujet.

— Je vais vous parler ouvertement, monsieur Lakodimos. Il y a deux explications possibles à ce meurtre. La première, c'est l'acte terroriste. La seconde, ce serait que quelqu'un avait une bonne raison de le tuer.

— Si vous voulez mon avis, le terrorisme est plus probable. Mais cela n'est pas nécessairement l'acte d'un groupe. Nous en sommes au point où n'importe qui vous tue parce qu'il pense que cela va amener la révolution, ou la dictature, selon ses opinions.

— Je viens à vous dans l'espoir d'en savoir plus, sachant que vous avez fait affaire avec lui au moment des Jeux.

— Je vous en prie, nous n'avons pas fait affaire ! répond-il vivement. La société de Yerassimos a obtenu les travaux à la suite d'une adjudication régulière. Les gens racontent n'importe quoi. En fait, nous nous connaissons tous plus ou moins. Nous faisons tous partie de la génération qui a changé la Grèce. Nous nous connaissons, nous sommes amis à l'occasion, mais ne parlons pas de magouilles, monsieur le commissaire.

– Je suppose que vous connaissiez aussi Petrakos.

– Bien entendu. Depuis la police militaire, puisque c'est là que vous voulez en venir.

Il rit et poursuit.

– Petrakos n'avait rien à voir avec la torture. Il travaillait dans l'Administration. Il a été le seul à donner des informations exactes à nos familles, le seul à donner des conseils. Et il l'a fait au risque de se retrouver avec nous.

Il attend la question suivante, mais je n'en ai plus. Si Demertzis n'avait pas pris une balle dans le dos, je serais presque sûr qu'il s'agit d'un suicide.

Lakodimos, voyant ma gêne, reprend le fil.

– Je ne suis pas policier, mais à votre place je chercherais du côté des terroristes. Très franchement, je ne vois pas qui pourrait haïr Yerassimos au point de vouloir le tuer. Maintenant, s'il s'agit d'un acte terroriste, les auteurs vont très probablement continuer. Yerassimos n'est peut-être que la première victime.

Je pense qu'il n'a pas tort. Il faudra que je demande à Gonatas de s'occuper plus systématiquement de l'affaire. J'abandonne l'idée de le questionner sur le fils Demertzis et je me lève.

– Merci de m'avoir consacré tout ce temps, monsieur.

– J'espère que vous allez trouver l'assassin, monsieur le commissaire. Cette mort a été une grande perte pour moi.

L'Asiatique nous attend au bas de l'escalier. Le vigile nous ouvre le portail et nous laisse passer sans un mot d'adieu.

– Ton avis ? dis-je à Papadakis tandis que nous montons en voiture.

– Cet homme se barricade parce qu'il a peur. Et quand on a peur, c'est qu'on a quelque chose à cacher, monsieur le commissaire.

Jusqu'à présent, que ce soit avec le personnel de la société, le fils qui m'a révélé les zones d'ombre du père ou Lakodimos qui l'a couvert de fleurs, je n'ai pas avancé d'un pouce. Alors essayons de suivre le gros bon sens de Papadakis, on ne sait jamais. Mais je n'ai pas l'intention de m'attarder avec Lakodimos. Revenons à Petrakos, cet ancien de la police militaire dont je ne sais que faire.

15

Avant de quitter mon bureau, j'ai la bonne idée d'emporter mon ordinateur. Puisque Adriani a imposé l'embargo sur la télévision et qu'au bureau je n'ai même pas le temps d'aller pisser, l'étude à la maison s'impose. Bien sûr, cela va amener une pause dans mes relations avec le dictionnaire de Dimitrakos, eh bien il attendra.

Tandis que je démarre, mon portable sonne.

– Papa, tu pourrais venir au bureau ? dit Katérina.
– Qu'est-ce qui se passe ?
– Rien, je voudrais seulement qu'on discute.

Cela ne me rassure pas du tout : « je voudrais qu'on discute », de nos jours, peut annoncer une caresse, mais aussi une gifle ou même un coup de poing dans le ventre. Que faire ? Je vire de bord et mets le cap sur la rue Grigoriou Theologou, pour tomber sur un meeting électoral place Ayiou Nikolaou. Les élections législatives approchent, mais cela m'a échappé, car nous n'en sommes pas encore aux grands rassemblements au centre-ville, ceux qui mobilisent la police.

Le meeting doit réunir trois pelés et un tondu, si j'en crois la maigreur des applaudissements qui ponctuent le discours du candidat. Ce qui n'empêche pas la place d'être bouclée, si bien que je dois passer par les rues Formionos et Ieronos.

Dans le bureau de Katérina, je me retrouve en face de trois immigrés. Ils semblent arriver tout droit de la guerre civile syrienne : l'un d'eux a un bras dans une gouttière, l'autre la tête bandée jusqu'aux oreilles, et le visage du troisième disparaît sous les pansements.

– Qui est-ce ? dis-je à Mania qui m'a ouvert la porte.
– Des victimes.

Elle hoche douloureusement la tête.

Avant que j'aie pu poser la question suivante, Katérina sort de son bureau.

– Ce sont de vieux clients, répond-elle, du temps que je travaillais pour Seïmenis[1]. Viens que je te raconte.

Dans son bureau, je trouve Pavlos, qui se lève pour me saluer.

– Tu ne t'occupes plus des sans-abri ? dis-je pour le taquiner.

– Plus besoin. Votre ami a mis de l'ordre. Il a trouvé une occupation pour chacun, le refuge est nickel, tout le monde est content et lui fait confiance.

– Je m'en doutais un peu en vous l'amenant, commente Katérina en souriant.

Puis, retrouvant brusquement son sérieux, elle se tourne vers moi.

– Ceux que tu as vus dehors sont trois victimes des incidents d'hier. Je ne sais pas ce que tu as vu, mais il y en a beaucoup plus.

– Là où j'étais de service, il n'y a pas eu de bagarre, dis-je sans entrer dans les détails.

– Ces trois-là me connaissaient parce que j'avais entrepris de leur trouver des papiers. L'un d'eux s'en

---

1. Cf. *Liquidations à la grecque,* du même auteur. *(NdT.)*

est tiré avec une fêlure de l'humérus. Le deuxième a des blessures à la tête et une légère commotion. Le troisième s'est jeté par la fenêtre pour échapper au feu. Je vais porter plainte au nom des trois. Pavlos et ses amis ont accepté de payer les frais de justice.

– Porter plainte contre des inconnus, ça sert à quoi ?
– Ils ne sont pas totalement inconnus. Pavlos et deux copains à lui se sont planqués pour prendre des photos. Je manque seulement d'éléments concernant le troisième, et je voulais savoir si la police n'aurait pas des images des incidents.

J'ai encore dans l'oreille les menaces du chef de la bande et je trouve que ma fille est en train de se jeter dans la gueule du loup. Je me demande si je dois lui en parler, mais repousse l'idée aussitôt. Elle ne reculerait pas pour si peu. Au contraire, elle en ferait davantage.

– S'il y avait des caméras dans le secteur, on aura peut-être quelque chose. Je te dirai ça demain.

Il faut que je trouve un autre moyen de la dissuader.

– Tu sais mieux que moi qu'un tel procès peut durer des années, même si on a des preuves. Ils vont tenir le coup, tes clients ?

Sans répondre, elle se lève et ouvre la porte du bureau.

– Reza !

Le type au crâne bandé apparaît.

– Reza, dis au monsieur pourquoi tu veux faire un procès, *go to court* ?

– Je veux argent pour acheter ticket, go back Bangladesh. Ici, pas travail, pas l'argent. Euro, drachme, rien. Je veux go back, mais pas l'argent.

– Merci, Reza, dit Katérina.

Reza incline sa tête bandée pour me saluer, puis se retire.

– Tu comprends maintenant, papa ? reprend Katérina.

Si Reza était un clandestin, on l'enfermerait dans un camp où il attendrait que l'Europe lui paie son voyage de retour. Mais il est en règle, il a des papiers, alors personne ne lui donnera rien. De toute façon, il est coincé ici. Il n'a plus rien à perdre.

L'argument est sans réplique et je me tais.

– Je vois qu'en plus du refuge tu t'intéresses à la photo, dis-je à Pavlos pour détendre un peu l'atmosphère.

– Et ce n'est pas tout, dit-il.

– Quoi d'autre ?

– Nous essayons d'organiser des cours gratuits pour les jeunes des quartiers défavorisés. Ils risquent de ne pas pouvoir passer le bac. Leurs parents n'ont pas le sou, comment pourraient-ils payer des cours privés ? Aller en fac ne leur donnera pas du boulot, mais cela les aidera peut-être. C'est ce dont je discutais avec Katérina et Mania.

– Oui, mais il va falloir faire une pause : je dois accompagner mon père à la soupe populaire familiale, dit Katérina en riant.

– Tu n'invites pas Mania ? lui dis-je tandis que nous sortons.

– Je veux bien, mais il y a Uli.

– Uli n'a qu'à venir manger nos sardines ou nos anchois.

Katérina transmet l'invitation et Mania éclate de rire.

– Nous viendrons avec plaisir. Avec Uli ce sera marrant.

– Pourquoi ?

– Il va voir pour la première fois une famille grecque, ça va lui faire un choc. Il n'y comprendra rien.

Inviter Mania et Uli n'est pas une idée en l'air. Il ne faut pas que je sois le seul au courant de la menace.

Un plan commence à se former dans mon esprit.

16

Adriani nous ouvre et reste bouche bée. Non à cause du nombre d'arrivants, pour elle ce n'est pas un problème. Ce qui l'étonne, c'est Uli, derrière Mania, qui lui sourit d'un air gêné.

Mania fait les présentations. Uli serre la main d'Adriani avec un large sourire, ajoute « enchanté » avec un impeccable accent allemand, et nous entrons dans le séjour. Adriani me prend à part.

– Qui c'est ?
– Le nouvel amour de Mania. Un Allemand...
– Un Allemand ? Elle est amoureuse d'un Allemand ?
– Oui, et alors ?
– Elle choisit son moment ! Comme un cheveu sur la soupe...

Nous passons dans le séjour, où Phanis et Uli discutent, et je cherche un endroit où déposer mon ordinateur. Pour finir, je le place devant la télévision.

– Tu as rapporté ton ordi ? s'étonne Katérina.
– Au bureau je n'ai pas le temps. Et puisque ta mère a mis la télé en quarantaine, je me suis dit que c'était le moment de m'exercer à la maison.
– Vous n'allez pas apprendre tout seul, dit Mania. Uli va vous montrer. Il gagne sa vie comme ça. En trois leçons, vous allez déchirer ! N'est-ce pas, Uli ?

– *Sure.* Quand vous voulez, répond-il.

– Il parle grec ? s'étonne Adriani.

– Il a encore du mal à parler, mais il comprend presque tout, dit Mania.

– Il a l'intention de rester ?

– Doucement, madame Adriani. C'est encore trop tôt.

– Cela me semble raisonnable. Ici, il aura sa chérie et de meilleures perspectives d'emploi.

On ne sait si elle est sérieuse ou si elle plaisante, mais tout le monde rit. Uli comprend qu'on parle de lui, et Mania traduisant, il rit avec nous.

– Uli, dit-elle, je peux raconter comment nous nous sommes connus ?

– *Sure.*

– Je suis allée en vacances à Astypalea avec un type qui s'est révélé être un vrai connard. Au début, à Athènes, c'était du « tout ce que tu veux, ma chérie », mais une fois sur l'île, monsieur râlait tout le temps. Il n'aimait pas la plage, la chambre était trop petite, il me tannait pour qu'on aille à Santorin. Moi je répondais que je ne bougerais pas et on se chamaillait du matin au soir. Même au lit, au lieu de se caresser, on se bouffait le nez. Pendant tout ce temps je voyais chaque matin un type venir seul à la plage avec un ou deux bouquins, étaler sa serviette et se mettre à étudier. De temps en temps il piquait une tête, puis revenait à son livre. Il entendait nos disputes mais se détournait poliment. Le troisième jour, j'étais jalouse de lui. Je ne pouvais pas venir seule, moi aussi ? Bref, un autre jour, après une nouvelle dispute, j'ai dit au connard de faire sa valise, parce que moi je ne bougeais pas. Et ô miracle, il est parti. Le lendemain je suis descendue avec mon livre. Deux jours ont passé, Uli s'est assuré que j'étais seule et m'a demandé ce que je lisais. Je lui ai dit que j'étais psychologue et que mon livre était la *Psychologie de l'inconscient* de Jung. Il m'a dit qu'il était allemand, qu'il était analyste-programmeur free-lance pour des moyennes entreprises, mais que sa grande passion, c'était l'histoire et qu'il passait ses vacances à lire des livres d'histoire. Une heure plus tard nous avions rapproché nos serviettes et nous lisions ensemble. De la lecture nous sommes passés à la conversation, et de là aux fous rires, puis aux baisers, et la semaine s'est terminée au lit.

La gêne d'Adriani la fait rire. Elle se tourne vers Uli.

– *I told them everything.*

– *It's the story of a stupid German falling in love with a Greek gorgona*, dit-il, et tout le monde s'esclaffe.

– Qu'est-ce qu'il a dit ? demande Adriani.

– C'est l'histoire d'un idiot d'Allemand qui tombe amoureux d'une sirène grecque, traduit Katérina.

– C'est pour ça que je t'aime, Uli, dit Mania en lui faisant une bise.

Puis, se tournant vers Adriani :

– Ce coup-ci, me voilà piégée, j'en ai peur.

– Ne te sauve pas. Il est très bien, ce garçon.

Adriani se lève pour aller chercher les plats, tandis que Katérina et Mania mettent la table. Les trois hommes restent dans le séjour.

– *So, when shall we begin* ? me demande Uli.

Il veut savoir quand nous commencerons les leçons.

– Je suis libre après les heures de bureau, lui dis-je. Dans la journée je ne sais jamais quand je trouverai un moment.

– *It will take only some hours*, me dit-il.

Quelques heures, cause toujours, me dis-je. Pour toi tout cela semble facile, mais tu oublies que je suis nul. Je lui souris tout de même, ne voulant pas le faire atterrir trop brutalement.

La table est mise et le repas servi. Des légumes bouillis accompagnent les anchois. Adriani nous sert. Le premier grognement de bonheur vient d'Uli.

– *Delicious*, dit-il.

Il le redit en grec.

– Merci, Uli, répond Adriani.

Ce merci laconique est en total contraste avec son visage qu'illumine la fierté. Je comprends qu'Uli fait désormais partie de la cantine familiale, qui le nourrira de fayots et d'anchois sauce citron.

– N'empêche, ce sont des voleurs, dit Adriani.

– Qui ça, maman ?

– Les pêcheurs au marché. Tu sais combien coûtent les anchois ? Trois mille cinq cents drachmes. Ils ont multiplié l'ancien prix en euros par cinq cents et le vendent aussi cher qu'avant. Moi, bien sûr, j'ai payé un peu moins.

– Ils vous ont fait une réduction ? demande Mania.

– Penses-tu ! Mais j'avais quelques euros de côté, et au lieu de les changer à la banque, je les donne petit à petit aux changeurs qui te les achètent un peu plus cher.

– Bravo, Adriani, je te tire mon chapeau ! s'écrie Phanis, tandis que Mania applaudit.

Uli se fait expliquer la manœuvre.

– *How do you say « smart » in Greek ? You're very smart*.

– Manque d'argent rend diligent, mon garçon.

Le repas terminé, les femmes commencent à desservir. Uli les rejoint.

– Laisse, Uli, on s'en occupe.

– Je t'en prie, intervient Mania, ne lui fais pas perdre ses habitudes allemandes. Nous ne sommes pas près de nous marier, et d'ici là je ne veux pas qu'il soit totalement hellénisé.

– C'est moi qui suis visé ? la taquine Phanis.

– Et pourquoi pas monsieur Charitos ?

– Le commissaire ne compte pas, il est d'une autre génération.

– Et maladroit en plus, ajoute Adriani. Il me casserait la moitié des assiettes.

Je profite de ce que les autres desservent pour mettre à exécution mon plan : parler à Phanis de la menace visant Katérina. Phanis m'écoute sans m'interrompre, l'air sombre.

– Je ne lui en ai pas encore parlé, dis-je enfin.

– Je pense que tu dois le faire. Si c'est moi qui m'en charge, elle sera furieuse contre toi.

Il réfléchit.

– À ta place, je ferais aussi autre chose. J'en parlerais à Lambros. D'abord, il connaît les fachos encore mieux que toi. Ensuite, il sait toujours comment mettre Katérina sur la bonne piste.

– Tu as raison.

Comment n'y ai-je pas pensé plus tôt ?

Je ne sais si je dois parler à ma fille tout de suite ou informer Zissis d'abord. Je me décide pour la deuxième solution.

J'appelle Spyridakis de la Délinquance financière, avec qui j'ai déjà travaillé, et lui demande s'il a le temps de me rencontrer. Nous nous donnons rendez-vous le lendemain dans mon bureau.

17

À peine sorti dans le couloir, j'entends les cris de Vlassopoulos qui parviennent jusqu'à l'ascenseur. Inquiet, je cours vers le bureau de mes adjoints en renversant la moitié de mon café.

Vlassopoulos au téléphone hurle dans le combiné.

– J'ai pas d'argent, et je ne sais pas où les mettre, tu comprends ça, idiote ?

Koula, Dermitzakis et Papadakis suivent la scène, l'air consterné. Je demande par gestes à Koula ce qui se passe, et elle me répond, par gestes aussi, de ne pas poser de questions. Je comprends qu'il s'agit d'un problème personnel et je me retire discrètement. Je bois une gorgée de mon reste de café quand le téléphone sonne. C'est Dimitriou.

– On a trouvé le type qui a appelé le portable de Demertzis, monsieur le commissaire. Un certain Chronis Kelessoglou.

– Il a appelé d'un portable ?

– Non, d'un fixe. D'après le contrat avec l'opérateur, son adresse est 14, rue Eoleon, à Ano Petralona.

Je raccroche et m'apprête à appeler Koula pour lui faire vérifier l'adresse, lorsque Vlassopoulos entre en trombe. Il est hors d'état d'articuler un mot.

– Qu'est-ce qui t'arrive ?

— Je suis venu vous prier de m'accorder un congé d'une semaine, monsieur le commissaire, bredouille-t-il.

— Entendu, mais qu'est-ce qui se passe ?

— Mon ex-femme, cette mégère...

Il perd à nouveau la parole. Quand il la retrouve, il s'arrache les mots un par un.

— Pendant deux mois je n'ai pas pu envoyer l'argent pour les enfants. On est moins payés, plus payés du tout, où je vais le trouver, moi, l'argent ? Ce matin elle m'appelle au bureau pour me dire que Lambis, son nouveau mec, est dans la mouise et ne peut pas payer pour les enfants, alors si je ne peux pas payer je n'ai plus qu'à les prendre chez moi.

Il s'interrompt dans l'espoir que je vais manifester mon soutien, mais que puis-je dire ?

— Les prendre chez moi, monsieur le commissaire ? Je vis seul et je n'ai pas de quoi payer une femme pour qu'elle s'en occupe. Si c'était le début de l'année scolaire, je les emmènerais chez mes parents en Eubée. Mais les faire changer d'école maintenant ? Je le lui ai dit, elle m'a envoyé paître.

— Tu comptes faire quoi ?

— Les emmener chez mes parents ce week-end. Je prie pour que ça leur plaise là-bas et qu'ils acceptent de changer d'école. Dans ce cas, ça ira. Je resterai avec eux quelques jours pour qu'ils atterrissent en douceur. Mais s'ils veulent revenir à Athènes, je suis foutu. Où peut-on emprunter de l'argent, par les temps qui courent ?

Il s'arrête encore et reprend, l'air gêné :

— Ça va peut-être demander dix jours, monsieur le commissaire. Je sais combien c'est difficile ici, mais que faire ?

Je lui donne ses dix jours et lui demande de faire venir Koula. Il sort la tête basse, mais visiblement soulagé.

Son absence va me compliquer la vie : Vlassopoulos est le plus expérimenté de mon équipe, même s'il n'est pas le plus futé. Car j'ai Koula.

– Qu'est-ce qu'il va devenir ? me demande-t-elle en entrant. Ça me désole.

– Je lui ai donné un congé de dix jours. Ce qu'il pourra faire avec ça, Dieu seul le sait.

– Et si on se cotisait pour qu'il puisse faire garder ses enfants ?

– Tu crois que nos collègues auront les moyens de payer ? Et s'ils sont à sec le mois d'après ? En voulant faire le bien, parfois on aggrave les choses.

– Vous avez raison.

Je change de sujet, car nous risquons de plonger tous dans la déprime. Je donne à Koula l'adresse de Kelessoglou.

– Envoie quelqu'un du commissariat local vérifier qu'il habite bien là. Sinon, il faudra trouver son adresse.

– J'irai moi-même. Le travail est la meilleure thérapie.

Elle sourit.

Une idée m'a traversé l'esprit en venant au bureau. La discussion avec Zissis peut aider, mais un peu de surveillance ne fera pas de mal.

– Dis-moi, Koula, toi qui connais du monde pour avoir été secrétaire de Guikas, sais-tu qui commande le commissariat de Vyronas ?

– Paleologos, répond-elle aussitôt. Vous vous souvenez de lui ? C'était le sous-directeur de la Brigade antiterroriste, et Stathakos a réussi à s'en débarrasser, ne pouvant pas le saquer. Il s'est retrouvé à Vyronas et y est resté.

– Thymios Paleologos ?
– Lui-même.
– Merci, Koula. Ce sera tout.

Je me souviens bien de lui. C'est un officier intelligent, qui éteignait les incendies allumés par Stathakos. L'autre en a pris ombrage, il avait des relations, il a eu sa peau.

J'appelle le commissariat de Vyronas.

– Bonjour, Thymios. Ici Kostas Charitos.
– Kostas, pas possible ! Tu t'es souvenu de nous ? Ici nous sommes oubliés de tous.

Il rit, puis ajoute :

– À vrai dire, je me console d'être oublié quand je vois comment ça se passe pour vous.
– Je viens te demander un service.

Et je lui expose en détail ce qui menace Katérina.

Un instant de réflexion.

– Ce que je peux faire, c'est envoyer une patrouille jeter un œil de temps à autre. S'ils remarquent des mouvements suspects, on te prévient tout de suite.
– Merci beaucoup, Thymios.

À l'instant où je raccroche, Koula m'apporte les résultats de l'analyse balistique. Demertzis a été tué avec un pistolet 9 mm. Un calibre jamais identifié lors des précédentes attaques terroristes.

J'appelle Gonatas.

– Oublie, dit-il. Demertzis n'a pas été la victime de terroristes. L'arme ne correspond pas, il n'y a pas eu de message, aucune organisation n'a revendiqué le meurtre. C'est une affaire de droit commun qui est pleinement de ton ressort.
– Si l'assassin est venu par la mer, alors c'est un travail de pro.

– Les terroristes ne sont pas les seuls pros. Il y a le grand banditisme.

Sa réponse me cloue le bec. Je lui demande d'informer Guikas et raccroche avec un meurtre sur les bras, dont je ne sais par quel bout le prendre. Demertzis ne magouillait pas, ne blanchissait pas de l'argent sale, n'avait pas de relations avec la pègre. S'il a réussi en distribuant des pots-de-vin, il n'est ni le premier ni le dernier.

C'est alors qu'apparaît Spyridakis, et je me dis aussitôt qu'il est mon ultime espoir de trouver la clé du mystère. Nous nous sommes connus sur une autre affaire, et je sais que c'est un fouineur acharné, qui suit toutes les pistes jusqu'au bout. Après les amitiés d'usage, je lui expose dans les grandes lignes les activités professionnelles de Demertzis.

– Et qu'attendez-vous de moi ? demande-t-il.

– Je veux que tu explores la situation financière de Demertzis. Quelque chose me dit que le mobile du crime se cache derrière ses transactions. Mais je veux surtout que tu t'intéresses à son directeur financier, celui qui vient de la police militaire. Prendre pour un tel poste un type pareil, alors que des cadres diplômés, expérimentés sont au chômage, tu ne trouves pas ça bizarre ?

Il me promet de s'en occuper tout de suite. Comme je n'ai rien d'urgent au programme, je décide de rendre visite à Zissis pour discuter avec lui de Katérina.

L'avenue Alexandras est toute proche de la rue Tenedou, et après dix minutes de marche me voici devant l'ancien hôtel devenu refuge pour SDF.

Dès l'entrée, je tombe sur lui. À l'endroit de la réception, il a placé une petite table et une chaise où il est assis. Il est surpris de me voir.

– Te voilà, commissaire ? Tu viens passer l'inspection ?

– On m'a dit que tu fais des miracles, je viens constater.

– Je n'ai pas fait de miracles. J'ai simplement appliqué le modèle de Makronissos et ça marche. Viens, je vais te montrer.

Au rez-de-chaussée, la salle du petit déjeuner est vide, mais sur certaines tables on a posé des jeux de société.

– Tu as trouvé le moyen de leur faire passer le temps.

– Le matin, ils ont autre chose à faire. Les jeux sont autorisés l'après-midi seulement. Et pas les cartes.

– Pourquoi donc ?

– Les cartes sont liées aux cafés. Les cafés sont des lieux de paresse. Ici, c'est leur maison, et ils doivent s'en occuper.

Il monte l'escalier, je le suis en me disant qu'à la fin de sa mission au refuge il faudra que j'en fasse le bras droit de Mania. Je connais Zissis depuis plus de trente ans, et pourtant, chaque fois, il réussit à m'impressionner.

Je ne reconnais pas le premier étage. Les chambres sont rangées, personne sur les lits. La saleté a disparu. Tout est nickel, ce qui n'empêche pas trois femmes de tout briquer. Trois autres nettoient les vitres, tandis que deux vieux isolent les fenêtres avec du ruban adhésif.

– Malheureusement, il n'y a pas d'argent pour chauffer, m'explique Zissis. Les poêles ne servent qu'en cas de nécessité absolue.

Trois hommes passent les murs du couloir à la chaux. L'un d'eux est ce type qui avait paniqué la première fois, croyant que je venais les expulser.

– Bonjour, monsieur le commissaire, dit-il en souriant. Dieu te bénisse de nous avoir amené ce saint homme.

Et il montre Zissis.

– J'ai tout vu dans ma vie, dis-je à celui-ci en redescendant l'escalier, mais un saint communiste, c'est la première fois.

Il rit à sa façon, sourdement. Je continue :

– Il faut que je te parle.

Il m'emmène dans la salle à manger. Je lui raconte mon affaire en détail. Il m'écoute sans m'interrompre, et quand j'ai terminé, il reste songeur.

– S'il n'y avait que la menace, passe encore. Mais le fait qu'elle a porté plainte change tout.

Je lui dis que j'ai parlé au commissaire de Vyronas.

– Tu as bien fait, mais ça ne suffit pas. Ils ne vont pas l'attaquer à son bureau. Dis-lui de ne jamais sortir seule. Et de passer par ici, que je lui parle.

– Elle ne reculera pas, c'est exclu.

– Elle fait bien, mais nous devons la protéger.

Il soupire.

– Nous revenons au passé par d'autres chemins, Kostas. Nous sommes ici dans un nouveau Makronissos. Et dehors, c'est le même État voyou.

Tandis que je monte dans la Seat pour rejoindre mon bureau, mon portable sonne. C'est Koula.

– L'adresse de Chronis Kelessoglou est bonne, mais il travaille dans un bar, rue Dimofondos, près de chez moi. Le bar s'appelle Gothik. Il y est en ce moment. Que voulez-vous que je fasse ?

Le convoquer officiellement ou lui rendre une visite amicale ? Je choisis la seconde solution.

– Reste près du bar, j'arrive.

18

Je rejoins l'avenue Patission et roule vers le centre à peu près sans encombre. Koula dans sa voiture de patrouille est garée vers le milieu de la rue Dimofondos, trente mètres avant le bar.

Trois hommes sont assis dehors sous un parasol chauffant. Nous entrons. Une jeune femme sert deux tables. Les autres sont vides. Derrière le comptoir, un homme du même âge que Kyriakos Demertzis prépare un café frappé pour deux filles. Nous prenant sans doute pour des clients, il nous jette un coup d'œil indifférent, puis poursuit son travail.

Je ne vois pas d'autre jeune type dans le bar. Chronis Kelessoglou, c'est lui. Les deux filles partent avec leur café frappé et la serveuse va discuter avec les types assis dehors.

– Chronis Kelessoglou, c'est toi ?
– Oui, pourquoi ?
– Commissaire Charitos. Je veux te poser quelques questions. On peut se parler ici ?
– Oui, mais je m'interromprai s'il y a des clients.

Il a l'air calme et la présence de la police ne semble pas l'inquiéter.

– Pas de problème. D'ailleurs, ça ne va pas durer

longtemps. Tu connaissais l'entrepreneur Yerassimos Demertzis, propriétaire de la Domotekniki ?

– Non, répond-il sans hésiter.

– Pourtant tu l'as appelé la veille de sa mort. Tu sais qu'il a été assassiné ?

– Je l'ai appris par les infos.

– Si tu ne le connaissais pas, comment se fait-il que tu l'aies appelé ?

– Son fils m'a donné son numéro. Kyriakos et moi sommes amis depuis la fac. Je n'ai pas fait d'études de barman, voyez-vous, mais d'ingénieur, précise-t-il avec une ironie amère. Je fais le barman pour gagner ma croûte. Je cherche du boulot et j'ai demandé à Kyriakos de parler à son père. Il m'a répondu qu'il ne demandait aucun service à son père, y compris pour lui-même. Finalement il m'a donné son numéro, mais je ne devais pas dire que je le tenais de lui. J'ai appelé Demertzis, qui m'a répondu, comme prévu, qu'il n'avait pas de travaux en cours. C'est la seule fois où nous nous sommes parlé. Et puisque vous connaissez mon portable, vous avez dû voir que j'ai appelé aussi une vingtaine d'entreprises. Plutôt pour dire que j'avais essayé. Mais pour ce qui est du boulot, laisse tomber. Les entreprises sont mortes avec les banques.

– Tu connais bien Kyriakos Demertzis ?

– Depuis la fac, je vous l'ai dit, mais nous nous sommes souvent revus ensuite.

– Tu l'imagines en dealer ?

Cette question avant tout pour observer sa réaction. Réponse immédiate :

– Écoutez, cela fait des années que je travaille dans des bars. Un usager ou un dealer qui ne boit pas et ne fume pas, je n'ai jamais vu ça. Kyriakos n'a jamais fumé, il boit deux verres de vin blanc au plus. À part ça, quand il s'est mis quelque chose en tête, il est de ceux qui vont jusqu'au bout, quel que soit le prix. S'il a dealé, c'est qu'il avait une bonne raison.

– Tu fais allusion au refuge ?

Il rit.

– Pas seulement. Vous savez ce que je fais en dehors du travail ? J'enseigne les maths dans une boîte à bac qui donne des cours gratuits à des enfants de quartiers défavorisés. C'était une idée de Kyriakos. On a trouvé un bâtiment inoccupé dans Attiki, on a squatté. Comme on n'a pas de sous, on a juste installé des tableaux noirs, et les mômes s'assoient sur les coussins qu'ils apportent. Si un propriétaire se pointe, on se mettra d'accord pour un loyer et on demandera une participation minime aux élèves. Voilà où nous en sommes, monsieur le commissaire : le barman finance le prof.

Cette fois il parle sans amertume. Il accepte la situation : des études qui ne lui permettront pas de gagner sa vie, un boulot subalterne qui permet le bénévolat.

Je n'ai plus de questions et me retire, suivi de Koula. D'un côté, je me réjouis de n'avoir rien trouvé qui joue contre lui, car il m'est sympathique, ainsi que le reste de la bande. De l'autre, je suis furieux de me heurter toujours à un mur.

– Et si, finalement, c'était un chagrin d'amour ? demande Koula une fois dans la voiture. Personnellement, je ne vois pas d'autres pistes.

– À partir du moment où tout reste ouvert, on ne peut pas l'exclure, même si c'est peu probable. S'il y avait de la passion à ce point, quelqu'un l'aurait remarqué. L'ennui, c'est que nous n'avons pas pu parler avec sa femme. Elle nous donnerait peut-être un indice.

J'appelle l'hôpital tous les jours, mais ils ne peuvent pas la sortir des soins intensifs. Ils ont essayé deux fois en vain. Je sais que son fils a cherché à la voir, mais les médecins l'en ont empêché.

Il est cinq heures du soir et je ne vois pas ce que j'aurais à faire au bureau. Pas besoin d'informer Guikas. Il a dû apprendre les résultats de l'analyse balistique par Gonatas et nous n'avons rien de neuf depuis.

C'est l'occasion de parler à Katérina. Koula rejoint le bureau avec la voiture, tandis que je me dirige vers la rue Grigoriou Theologou.

19

Je suis la voiture de patrouille jusqu'à Omonia, la seule voie d'accès au centre étant la rue Pireos. Puis nos chemins se séparent, Koula remontant vers l'avenue Alexandras et moi poursuivant vers Syntagma. La circulation se fait plus dense et il me faut une demi-heure pour atteindre mon but.

Katérina m'ouvre et, me voyant, éclate de rire.
– Tu tombes à pic !
– Qu'est-ce qui se passe ?
– Viens dans mon bureau.

Elle me fait asseoir à sa place. Devant moi, son ordinateur. À côté, reliés à lui, des écouteurs. D'un coup de souris elle me montre une icône.
– Tu te souviens de l'icône sur ton ordi ?
– Vaguement.
– Mets les écouteurs.

J'obtempère et elle clique sur l'icône. Une image apparaît, ornée d'un micro, portant l'inscription « Radio Espoir » et une flèche au-dessous. Katérina clique sur la flèche.

– Les récentes agressions contre des immigrés au centre d'Athènes ouvrent une nouvelle blessure dans le corps de la ville.

Il me semble reconnaître la voix.

– C'est Mania ?

Ma fille fait oui de la tête en souriant. La voix continue.

– La police et la municipalité sont pessimistes. Elles pensent que la blessure ne peut que s'envenimer. Nous avons avec nous aujourd'hui Aliki Feredinou du Réseau d'aide aux immigrés. Aliki, penses-tu toi aussi que les agressions vont continuer et qu'elles contraindront les immigrés à quitter la Grèce ?

– Oui, hélas, je crois qu'elles continueront. Mais quant à savoir si les immigrés vont quitter le pays, il y a à cela deux réponses. La première, c'est que beaucoup d'immigrés veulent partir. La Grèce s'étant remise à la drachme, il n'y a pas de travail même pour les Grecs, et ils cherchent dans les ordures quelque chose à manger ou à vendre. Chez eux ce ne sera pas pire.

– Alors pourquoi ne pas s'en aller ?

– La plupart d'entre eux n'ont pas de papiers. Et s'ils en avaient, ils n'auraient pas de quoi se payer le billet. Regardez sur Internet le prix d'un vol Athènes-Karachi. D'autant que la plupart ont amené leur famille. Et je ne parle que des Pakistanais. Les Afghans, eux, devront continuer jusqu'à leur pays par la route. La plupart de ces immigrés sont pris au piège. Et nous en venons à la question suivante.

– À savoir ?

– Ceux qui les terrorisent veulent-ils vraiment qu'ils s'en aillent ?

– Comment ça ?

– Ces gens-là gagnent des sympathisants et des voix en disant qu'ils veulent chasser les immigrés. Mais s'ils les chassent, ils n'auront plus de raison d'être et personne ne votera plus pour eux ! S'ils voulaient réellement les chasser, ils n'auraient qu'à collecter de l'argent et leur payer le billet. Beaucoup partiraient. Mais ceux-là préfèrent leur taper dessus et détruire leurs logements et leurs boutiques. Notre réseau d'aide aux immigrés, lui, va ouvrir un compte bancaire, et avec l'argent recueilli, nous paierons le voyage à ceux qui ont des papiers et veulent rentrer au pays. Car ce que nous craignons, c'est que les immigrés ne restent pas spectateurs passifs. Un jour ils rendront les coups. Et alors la Grèce deviendra un champ de bataille.

– Merci, Aliki, dit Mania. C'était Aliki Feredinou du Réseau d'aide aux immigrés. Vous écoutez Radio Espoir. Car il y a de l'espoir !

Katérina baisse le son.

– C'est la radio en ligne, dit-elle. Nous y pensions depuis quelques mois. Nous ne l'avons pas fait pour nous associer aux lamentations générales, mais pour montrer, aux jeunes surtout, qu'on peut encore espérer. Voilà pourquoi nous t'avons offert l'ordi avec l'icône toute prête. Pour que tu puisses nous écouter. Car tu m'entendras moi aussi. Dis-moi, comment trouves-tu ça ?

– S'ils réussissent à en faire partir certains, notre police allumera un cierge. Car ils ont raison, nous serons bientôt un champ de bataille.

– Écoute la suite.

Je veux bien, mais à chaque instant Katérina aggrave son cas, sans le savoir. Bientôt, la voiture de patrouille ne suffira plus, il lui faudra des gardes du corps. Pourtant je repousse encore mes révélations, ne voulant pas doucher son enthousiasme.

– Nos enseignants sont diplômés de l'université, reprend la voix de Mania, certains ont même un master. Notre adresse : 27, rue Ierosolimon. Les cours sont gratuits sur présentation de la carte de chômeur d'un des deux parents. Pour les autres, les frais sont très réduits. Par ailleurs, Stavros a hérité de son grand-père un champ en Arcadie, près de Dimitsana, et veut se lancer dans l'agriculture bio. Les personnes désireuses de s'associer à l'entreprise peuvent l'appeler au 69 77 74 43 23. Vous écoutez Radio Espoir. Car il y a de l'espoir !

Suit un intermède musical. Katérina me dit :

— Tu vas entendre maintenant quelque chose qui te parlera davantage.

Revoici la voix de Mania.

— Nous avons maintenant avec nous Dimitris Stratidis, connu de tous sous le nom de Barba-Mitsos. Il va vous raconter une histoire qui commence il y a cinquante ans, dans un village des Rhodopes. Bonsoir, Barba-Mitsos.

— Dis-moi, ma fille, c'est là que je dois parler ?

— Oui, dans le micro.

— Bon alors, j'étais au village, au début des années soixante. Sans boulot, sans pain. Ma mère cueillait des herbes et les faisait bouillir. La plupart du temps on ne mangeait que ça. On traînait au café en pleurant sur notre sort. Un jour arrive un type qui nous dit que les Allemands recrutent pour travailler en Allemagne. Tout le monde s'est précipité, moi aussi. On ne m'a pas pris.

— Pour quelle raison ?

— Je ne sais pas. Mon nom n'était pas sur la liste. Je me suis dit, c'est cuit, la dernière porte se referme. Je voyais les autres gars embrasser leur famille et partir, et moi j'en avais gros sur le cœur. Un mois plus tard un type est venu au village et a proposé du travail en Allemagne pour ceux qui voulaient. Tout le monde voulait. Il nous a dit quels papiers lui donner pour nous faire des passeports, on les a donnés.

Quinze jours plus tard on est partis en camion pour l'Allemagne. On était une cinquantaine. On est passés par la Yougoslavie. À l'arrivée à Wuppertal ils nous ont mis dans un hangar avec des matelas. Il n'y avait rien pour ranger nos affaires, des matelas, rien d'autre. On s'en fichait. Tout ce qu'on voulait, c'était le boulot. Le lendemain on a commencé dans une usine. Ce n'était pas l'usine qui nous payait, mais le type qui nous avait amenés. Il venait à chaque fin de semaine avec un sac et nous payait. On a travaillé deux mois comme ça. Un jour on a trouvé la porte de l'usine fermée. On a demandé ce qui se passait, mais on ne parlait pas l'allemand, le gardien ne parlait pas grec. *Nein, nein,* qu'il disait. On a cherché le type qui nous payait, disparu. Plus tard, un Grec nous a appris qu'on travaillait en clandestins et que l'Inspection du travail l'avait su. Quelques jours plus tard, le propriétaire du hangar s'est pointé pour nous jeter dehors. On s'est retrouvés à la gare de Wuppertal à demander quelques sous à d'autres Grecs pour se payer le billet du retour. Mais eux ils économisaient pour leurs familles, tu crois qu'ils allaient nous en donner ? Bref, j'ai mis des mois à trouver l'argent pour rentrer. Pendant ce temps je dormais dans la gare. Des fois, un Grec me trouvait un petit boulot pour m'éviter de mourir de faim. Voilà mon histoire.

– Merci, Barba-Mitsos. Tous ceux qui veulent chasser les immigrés par la violence, sans comprendre que beaucoup d'entre eux restent car ils sont bloqués ici, ne doivent pas oublier que leurs grands-pères et leurs pères ont subi le même sort dans les années soixante. Vous écoutez Radio Espoir. Car il y a de l'espoir ! Rendez-vous demain à 19 heures. Bonsoir.

Je pense à tous ceux de mon village qui sont partis alors en Allemagne, à tous ceux qui sont rentrés humiliés, comme Barba-Mitsos. Il y avait parmi eux un cousin de mon père qui une fois revenu n'osait plus sortir de chez lui.

— Qu'en penses-tu ? me demande Katérina, m'arrachant à mes pensées.

— Bravo, dis-je, ému. Tu me donnes une nouvelle raison d'être fier de toi.

— Je ne l'aurais pas fait si j'étais partie en Afrique travailler pour le haut-commissariat aux réfugiés. C'était une bonne idée de me retenir ici.

— C'est Lambros qui a tout fait. Et tu as besoin de lui encore une fois.

— Pourquoi ?

Je lui raconte l'épisode des menaces.

— À cela s'ajoutent les actions en justice que tu prépares, et maintenant la radio. Je ne veux pas t'effrayer, Katérina, mais tu ne dois pas prendre ce danger à la légère.

— Je le prends très au sérieux, au contraire. J'ai bien compris que je dois me protéger.

— Le commissariat de Vyronas enverra une voiture pour jeter un œil. Mais ça ne suffit pas. Je ne pense pas qu'ils attaqueront votre bureau. Ils agiront plutôt dans la rue. J'en ai parlé à Lambros, qui veut te parler.

— Très bien, mais qu'est-ce qu'il peut faire ?

— Il a vécu tout ça. Pendant la Guerre civile d'abord, puis avec l'État policier et les Colonels pour finir. Ce genre de menaces, il connaît.

— D'accord, dit-elle en me faisant la bise. Ne t'inquiète pas, je serai prudente.

Dans l'entrée, Mania parle avec Barba-Mitsos qui prend congé.

— On te raccompagne ? lui propose Mania.

– Ma fille, j'ai réussi à revenir d'Allemagne et je ne serais pas capable de prendre le bus ?

Et il s'en va.

– Où l'avez-vous découvert, ce Barba-Mitros ? dis-je.

– Au refuge, répond Katérina. On a dit à tout le monde qu'on cherchait un ancien *Gastarbeiter*. En Allemagne il a dormi dans une gare, chez nous il dort au refuge.

– Radio Espoir est l'œuvre d'Uli, dit Mania.

– Félicitations.

– *Thanks, but it still needs work*, me répond-il.

– Uli, si tu étais grec, je te dirais : Si tu fignoles trop, ça deviendra moins beau.

– *What ?*

Tandis que Mania traduit, mon portable sonne.

– Ici le centre d'opérations, monsieur le commissaire. Nous venons de recevoir un appel. Une voix d'homme nous a dit : « Nikos Theoloyis est à l'École d'ingénieurs, devant les nouveaux bâtiments et vous attend. »

– C'est tout ?

– Puis il a raccroché.

Autrement dit, voilà une nouvelle victime.

– Faites interdire l'accès à la zone et dites à mes adjoints d'aller à l'endroit en question. Prévenez aussi le médecin légiste et l'Identité judiciaire.

Vlassopoulos a bien choisi son moment pour nous lâcher, me dis-je.

Katérina, Mania et Uli m'observent sans comprendre.

– Je crains que nous n'ayons une deuxième victime, dis-je aux deux jeunes femmes.

– Comment le sais-tu ? demande Katérina.

– Par un nouvel appel, copie conforme du premier. Quelqu'un nous attend à l'École d'ingénieurs.

– Il a donné un nom ? demande Mania, dont le passé policier se réveille.

– Un certain Theoloyis, sauf erreur.

– Nikos Theoloyis ? demande Katérina. Que fait-il à la fac ?

– Tu le connais ?

– Pas personnellement. Je sais qu'il a enseigné le droit à la fac d'Athènes, qu'il fait partie de la génération de Polytechnique et qu'il a pris part à l'occupation de la fac de droit. C'est tout.

Si c'est lui l'homme dont parle Katérina, alors c'est la deuxième victime à faire partie de la même génération. Je sors sans saluer et descends les marches à toute allure.

20

Cela fait des années que le GPS de la Seat n'a pas servi. J'y ai recours aujourd'hui car je ne suis jamais allé à l'École d'ingénieurs et j'ai la tête ailleurs. La dame à la voix douce me dit de prendre l'avenue Ethnikis Antistasseos jusqu'à l'université des sciences, puis l'avenue Katehaki-Alimou. Un virage à droite et j'y suis. Je n'aime pas conduire ainsi en aveugle, mais cela me permet de m'absorber dans mes pensées.

Theoloyis est un ancien de Polytechnique, tout comme Demertzis, et les deux appels téléphoniques sont semblables. Si nous ne trouvons pas de message sur Theoloyis, si l'arme du crime est différente, alors il se peut que l'appel téléphonique soit destiné à nous lancer sur une fausse piste. Mais tandis que le premier appel a été mentionné en détail par les médias, le message, lui, n'a pas été divulgué. Donc, si nous trouvons un message semblable sur le corps et si l'arme est identique, alors nous avons affaire à un dément qui a consacré sa vie à l'extermination des héros de Polytechnique, à moins qu'il ne s'agisse d'un acte terroriste, quoi qu'en dise Gonatas. Dans la première hypothèse, Thanassis Lakodimos agit sans doute avec sagesse en se barricadant chez lui.

– Vous êtes arrivé à destination, dit la voix mélodieuse.

La zone a été clôturée. Seul éclairage, les phares des voitures de police. J'arrive au pied d'un escalier menant à un grand bâtiment sombre. Le ruban barre les marches. La rue est déserte et se perd au fond dans les arbres. De l'autre côté j'aperçois un second bâtiment, moins grand, et une petite église.

De part et d'autre du ruban, une petite foule de badauds s'est rassemblée. La plupart doivent être étudiants.

Une voix dans la foule :

– Qu'est-ce qu'ils viennent foutre ici, les flics ?

– Et le droit d'asile dans les facs ? ajoute un autre.

– C'est moi qui ai appelé la police, dit un quinquagénaire en costume cravate debout devant le ruban. Le professeur Theoloyis est mort, sans doute assassiné. La police vient faire son travail. Dans un cas pareil, le droit d'asile n'est pas violé.

Je m'approche.

– Vous êtes le recteur ?

– Oui. Yannis Fokianos.

– Commissaire Charitos. Qui vous a prévenu ?

– La police m'a téléphoné pour me dire qu'un appel anonyme lui avait annoncé un meurtre dans l'enceinte de l'école. On m'a demandé l'autorisation de venir enquêter. On m'a indiqué l'endroit précis. Je suis d'abord allé seul vérifier.

Il pousse un profond soupir.

– Un spectacle tragique... Tragique... J'ai aussitôt appelé vos collègues.

– Je vais vous demander de rester. Je veux vous poser quelques questions.

– Je serai dans mon bureau.

– Pourriez-vous ne pas vous éloigner ? Nous ne voulons pas d'ennuis avec les étudiants.

– Bon. Je vous attendrai dans ma voiture. Celle-ci.

Il me montre une BMW rouge sombre.

Dermitzakis et Papadakis m'attendent un peu plus loin.

– Qui a prévenu le recteur ?

– Nous, répond Dermitzakis. On s'est dit qu'on ne pouvait pas entrer sans autorisation. On l'a appelé depuis le commissariat de Kessariani. Par chance il était encore dans son bureau.

– Bravo, je n'y aurais pas pensé.

Et nous passons sous le ruban.

En montant les marches, j'aperçois sur la gauche une allée étroite où sont garées deux voitures. La victime est allongée sur le ventre à côté d'une Alfa Romeo noire dont la porte côté conducteur est entrouverte. Un homme brun dans les soixante ans. Il porte un imper qui s'est étalé dans sa chute. L'assassin a dû tirer à bout portant alors que l'homme allait monter en voiture. Son crâne est en bouillie.

Un coin tranquille. Le coup de feu n'a pu passer inaperçu.

– Va demander aux spectateurs si quelqu'un a entendu quelque chose, dis-je à Papadakis. Qu'ils se rendent utiles au moins.

La camionnette de l'Identité judiciaire arrive la première.

– Même topo ? me demande Dimitriou en descendant de voiture.

Il s'approche du corps de Theoloyis et lui jette un coup d'œil.

– On a tiré à bout portant.

– Stavropoulos n'a plus qu'à nous préciser l'heure.

— Et nous ?
— L'important, c'est la balle. Il faut savoir si le meurtre a été commis avec la même arme ou non.

Il se met au travail. Les badauds discutent par petits groupes. Le recteur assis dans sa BMW contemple à travers le pare-brise la rue Kokkinopoulou et l'infini. Je m'assieds à côté de lui.

— Je ne sais que dire, murmure-t-il. Qui pourrait en vouloir à un juriste, professeur à l'université, au point de le tuer, et ce dans l'enceinte de l'école ?

Je pourrais répondre que c'est là un lieu idéal : immense et désert. Je préfère commencer par le plus simple.

— Quel est ce bâtiment, là-haut ?
— Il y en a plusieurs. Ce sont les « nouveaux bâtiments ». Ils abritent plusieurs départements.
— Et le bâtiment blanc de l'autre côté de l'allée ?
— Des salles de cours.
— Savez-vous dans quel bâtiment Nikos Theoloyis faisait cours ?
— Logiquement, dans les nouveaux bâtiments, puisqu'il s'est garé dans la petite allée, mais je ne peux vous le certifier. La répartition des salles n'est pas de mon ressort.
— Pourquoi ne s'est-il pas garé juste devant ?
— Il y a de nombreux cours l'après-midi et les places devant les nouveaux bâtiments sont prises.
— Il enseignait le droit pénal, sauf erreur. Excusez-moi, mais je ne comprends pas ce que vient faire un juriste dans une école d'ingénieurs.
— Certains départements proposent des cours de droit. M. Theoloyis, si je me souviens bien, dirigeait un séminaire sur la responsabilité pénale dans la construction.
— Il avait un cabinet d'avocat ?

— Bien sûr. C'était un pénaliste réputé.
— Savez-vous s'il s'occupait d'affaires en rapport avec le blanchiment d'argent sale ou le crime organisé ?
— Je n'en ai pas la moindre idée. Son cabinet saura vous répondre.
— Quel genre d'homme était-ce ?
— D'abord, un spécialiste éminent.

Je ne relève pas. Je m'en serais douté. Et cela ne m'avance à rien : personne ne tue un professeur pour cause d'ignorance.

Le recteur donne un nouveau coup d'encensoir :

— C'était un professeur dévoué à sa matière et à ses étudiants, et dont les publications font autorité.

Si ça continue, il va faire de la victime un saint dont je pourrai rapporter l'icône à la maison.

— Quelles étaient ses relations avec ses collègues ? Avait-il des différends avec certains d'entre eux ?
— Écoutez, monsieur le commissaire. Ce que je peux vous dire, c'est que la communauté universitaire est vaste et complexe. Il est naturel que des antagonismes existent ici ou là. Mais je peux vous assurer que pendant toutes les années que j'ai passées au sein de cette communauté je n'ai pas rencontré de haines mortelles, ni même d'affrontements physiques. Par conséquent, il est exclu que ce meurtre soit dû à un différend professionnel.
— Le professeur Theoloyis appartenait à ce qu'on appelle la « génération de Polytechnique », n'est-ce pas ?
— Il a même participé à l'insurrection. Si je me souviens bien, c'était l'année de son diplôme. Il l'a obtenu avec retard, à cause des événements, mais il a aussitôt enchaîné avec sa thèse.
— Il avait de la famille ?
— Il était marié. Il avait une fille.

Je n'ai pas d'autres questions. Je prends congé, puis rejoins le lieu du crime.

Stavropoulos, arrivé entre-temps, est penché sur le corps. Il relève la tête.

– Je ne pense pas que tu te poses des questions, me dit-il.

– D'accord, c'est un meurtre. Je veux simplement savoir l'heure du crime.

– Pas plus de trois heures. Il commence tout juste à raidir.

On a donc appelé le centre d'opérations aussitôt après l'avoir tué.

– Si tu veux le fouiller, dit-il, fais-le maintenant. Je ne veux pas y passer la nuit.

Il râle, comme d'habitude. Papadakis et Dermitzakis reviennent.

– Personne n'a entendu de coup de feu, me disent-ils.

L'arme était sans doute munie d'un silencieux.

Cette fois je préfère fouiller seul la victime. Mais avant même que je la touche, le portable se met à parler dans la poche de son imper.

– Ici Polytechnique. Ici Polytechnique. La radio des étudiants en lutte, des Grecs en lutte pour la liberté.

Une légère pause, comme la première fois, puis une voix ajoute :

– Pain, éducation, liberté. Nous n'avons pas d'éducation.

J'essaie de me souvenir si les voix sont celles du message trouvé sur Demertzis. Mais dès la fin du message, un grondement s'élève du groupe des badauds, suivi par des acclamations.

– Tous avec toi ! Recommençons Polytechnique !

– Les Colonels sont toujours là !

– Nos Colonels à nous, c'est la Troïka ! s'écrie une voix de femme.

– Non, non, non ! Non au Mémorandum[1] ! scande un groupe.

Une idée m'arrive soudain de nulle part. Celui qui vient d'appeler se trouve peut-être dans cette foule. Où serait-il mieux planqué ? Oui, mais après son appel il a dû s'éclipser tranquillement.

Ma première réaction : il faut fouiller les spectateurs. Je compte combien nous sommes. Huit en tout. Si je veux fouiller à corps cette foule avec huit hommes, le lieu va se changer en champ de bataille avec un cadavre au milieu. Je pourrais évidemment appeler des renforts, mais avant qu'ils arrivent, tout le monde aura pris la tangente, y compris le complice de l'assassin. Car je ne pense pas que l'assassin se trouve là, pistolet en poche.

J'inspecte les alentours. Le lieu est immense et sombre. Un vaste ensemble un peu plus loin et un plus petit de l'autre côté de la rue, à côté de l'église. Celui qui a appelé le portable de Theoloyis peut se trouver dans l'un des trois bâtiments et nous observer à son aise. À moins qu'il ne soit parti dès réception du message. Il faudra que j'envoie demain mes adjoints passer la zone au peigne fin.

Les brancardiers chargent le corps dans l'ambulance. Les derniers spectateurs s'éloignent et Dimitriou s'approche, le sourire aux lèvres.

– On a trouvé la douille !

– Envoyez-la demain à l'analyse balistique.

– Le portable du message est exactement le même que celui de la première victime. À part ça, nous

---

1. Catalogue de mesures imposées à la Grèce par ses créanciers internationaux. *(NdT.)*

n'avons trouvé sur lui que son portefeuille avec sa carte d'identité et son portable personnel.

Theoloyis était venu faire son séminaire, il devait donc avoir une serviette. Je la trouve dans l'Alfa Romeo, sur le siège avant. Il a ouvert la portière, posé sa serviette et allait monter quand l'assassin l'a devancé.

Je m'apprête à informer le recteur, mais il est parti. Je n'ai plus rien à faire dans le coin. Je dis à mes hommes que nous continuerons demain et rejoins la Seat. Je remets le GPS, ne souhaitant pas m'attarder de nuit dans ces lieux déserts. Je ne suis qu'un simple flic, pas un grand scientifique.

21

Pendant tout le trajet jusqu'au bureau la question me poursuit : Demertzis et Theoloyis étaient-ils amis, ou du moins se sont-ils connus à Polytechnique ? Dans ce cas, on tiendrait là un mobile commun possible à leurs assassinats. Sinon, nous revenons au tueur fou ou à l'acte terroriste.

J'ai décidé d'en parler à Guikas et Gonatas, mais en sortant de l'ascenseur je tombe sur la foule des journalistes plantés devant mon bureau.

À la mort de Demertzis, ils se sont contentés d'une brève. Le meurtre d'un entrepreneur ne fait pas la une, sauf si on peut le relier à une affaire d'argent sale – sale comme les sales draps où nous sommes. Le meurtre de Theoloyis, au contraire, leur a échauffé le sang, car depuis le début de la crise les universitaires occupent le devant de la scène.

– Vous vous êtes souvenus de nous, les amis, comment se fait-il ? leur dis-je en souriant. Les professeurs se vendent mieux que les entrepreneurs ?

– Vous savez ce que c'est, monsieur le commissaire, il s'en passe tellement que nous allons où on nous dit d'aller, explique la petite en collant rose, qui porte aujourd'hui des bottes.

– C'est pas grave, vous allez nous parler de tout

ça ensemble, dit le jeunot qui porte un T-shirt hiver comme été.

– C'est bien mon intention, puisque les deux meurtres sont liés.

– Liés comment ? demande Merikas, qui a remplacé Sotiropoulos.

Il est grand et sec, a étudié la criminologie, mais il se retrouve affecté aux affaires policières et juge que la société est injuste avec lui.

Je résume l'affaire.

– Vous soupçonnez une action terroriste ? demande une grande bringue râleuse.

– Les deux meurtres n'étant pas revendiqués pour l'instant, nous pensons plutôt qu'un tueur fou s'en est pris à la génération de Polytechnique.

– Et comment expliquez-vous le message laissé sur les deux victimes ?

– Quel message ? s'étonnent quelques-uns.

La grande bringue a dû interroger les badauds d'hier soir. Inutile de dissimuler plus longtemps.

– L'assassin ou son complice a laissé un portable sur la victime, lequel a diffusé un enregistrement de radio-Polytechnique, dis-je sans entrer dans les détails.

– Tu l'as appris comment ? demande Merikas à la grande bringue.

– Pour être informé, faut demander. C'est ça, le boulot, répond-elle avec un sourire dédaigneux.

– Votre collègue a sûrement parlé avec des témoins de notre intervention d'hier soir qui ont entendu le message.

Je me suis hâté de le préciser, craignant de laisser croire qu'elle l'a appris par l'un des nôtres.

– D'après vous, est-ce là une revendication ?

– Pas forcément. L'assassin semble vouloir nous

informer qu'il frappe la génération de Polytechnique, c'est tout.

N'ayant plus de questions, ils me laissent entrer dans mon bureau. Je demande à Koula de me trouver l'adresse postale de Theoloyis. J'appelle Stella, la secrétaire de Guikas, pour lui dire que je souhaite le voir en présence de Gonatas. Puis je passe par le bureau de mes adjoints pour les envoyer à l'École d'ingénieurs.

Guikas se lève à mon entrée, non par courtoisie, mais parce qu'il voit en moi l'anxiolytique dont son angoisse a besoin.

– Ces meurtres tombent au pire moment, dit-il, au moment où le ministère est sans tête. Personne pour nous couvrir, c'est nous qui allons déguster.

L'entrée de Gonatas me dispense de répondre. Voulant marquer son inquiétude, Guikas nous assied à la table de réunion. Je fais une brève introduction établissant le lien entre les deux meurtres.

– Qu'attends-tu de l'analyse balistique ? me demande Guikas.

– Qu'elle me confirme que la même arme a servi aux deux meurtres. Ce qui me paraît probable, puisque tout le reste coïncide.

– Qu'en penses-tu, Notis ? demande Guikas à Gonatas.

– Il y a quelques jours j'ai dit à Kostas que j'excluais l'hypothèse terroriste. Depuis le nouveau meurtre, j'ai des doutes.

– Penses-tu que le message trouvé sur les deux corps puisse constituer une revendication ?

– Il y a souvent revendication, mais ce n'est pas une règle absolue. D'autre part, l'assassin a pu considérer le message lui-même comme une revendication. Mais l'hypothèse du tueur fou me paraît tout aussi plausible.

– Que faisons-nous ? demande Guikas.

– Nous explorons les deux pistes et nous collaborons, dis-je.

– Je commence mon enquête, dit Gonatas.

– Par les contestataires ? demande Guikas, bien que le mot ait perdu beaucoup de son sens, maintenant que la moitié du pays conteste.

– Logiquement, c'est dans la gauche contestataire qu'il faut chercher. D'un autre côté, une offensive contre la génération de Polytechnique devrait plutôt venir de l'extrême droite. C'est à elle que ceux de Polytechnique ont chipé les postes après les Colonels. Jusqu'à présent, d'accord, nous n'avons pas eu de terrorisme d'extrême droite. Mais si ça se trouve, cela nous pend au nez.

– Il y a autre chose, dis-je. Les deux messages ne sont pas tout à fait identiques. Après « Pain, éducation, liberté », le premier se termine par « Nous n'avons pas de pain » et le deuxième par « Nous n'avons pas d'éducation ». Vous voyez où je veux en venir ?... Non ? Ce qui nous menace maintenant, c'est « Nous n'avons pas de liberté ». Et une troisième victime.

– J'espère que tu te trompes, dit Guikas.

Je redescends à mon bureau. Le téléphone sonne.

– Vous voulez connaître les premiers résultats de mon enquête ? dit Spyridakis.

– Tu en doutes ?

– Petrakos, en plus d'être directeur financier de la Domotekniki, dirige une compagnie de transports, la Balkan Transports. Ce nom vient sûrement de ce que l'entreprise travaille surtout avec l'Albanie et la Bulgarie. Parmi les actionnaires, une certaine Eleni Levkaki, épouse de l'ancien ministre Thanassis Lakodimos.

Et voilà le lien entre Lakodimos et Demertzis, me dis-je.

– Il y a autre chose de curieux, poursuit Spyridakis.
– Quoi donc ?
– Pendant les deux années avant les Jeux, la seconde surtout, la société a travaillé exclusivement avec l'Albanie.
– Elle transportait quoi ? Des matériaux de construction ?

Il rit.

– J'en doute. Plutôt des ouvriers pour les travaux de Demertzis. Mais cela demande confirmation.

Deux conclusions : d'abord, la relation entre Demertzis, Petrakos et Lakodimos n'était pas aussi innocente que l'affirment les deux derniers ; ensuite, la compagnie de transports de Petrakos a dû faciliter certaines magouilles de Demertzis autour des chantiers olympiques. Spyridakis va-t-il parvenir à exhumer tout cela ?

Koula m'apporte l'adresse de Theoloyis.

– C'est rue Kavaloti, près de la rue Dionysiou Areopayitou.
– Prépare-toi à faire un saut là-bas.

Avant que je sorte du bureau, mon portable sonne.

– Papa, sais-tu qui est la fille de Theoloyis ?
– Non.
– Loukia, tu te souviens ? La fille qui nous accompagnait quand nous sommes allés au refuge.
– Je veux lui parler.
– Elle est à Madrid pour une marche de protestation européenne de jeunes chômeurs. Je vais demander à Pavlos quand elle rentre et je te préviendrai.

Quand on a tué Demertzis, Kyriakos était en prison. Quand on a tué Theoloyis, sa fille était en Espagne. Si ce n'est pas une coïncidence – mais c'en est peut-être une –, alors l'assassin suit un plan.

22

Pour rejoindre les alentours de l'Acropole, on n'a pas beaucoup le choix. Je préfère passer par le Zappion et l'avenue Veïkou pour éviter la place Syntagma, car on ne sait jamais quelle manif, quel défilé, quelles malédictions on va rencontrer devant le Parlement. Quant à savoir pourquoi toutes ces marches sont un remède à nos malheurs, personne n'a pu me l'expliquer. Ceux qui manifestent le font simplement pour ne pas rester les bras croisés. Manque d'argent rend diligent, disaient les Anciens. Aujourd'hui, manque d'argent fait défiler les gens.

Nous roulons en silence, car je suis plongé dans mes pensées. Les premiers éléments réunis par Spyridakis établissent, sans aucun doute possible, la connivence entre Demertzis, Petrakos et Lakodimos. Mais s'il ne découvre rien de plus, ce que nous avons là ne dépasse pas les collusions habituelles entre les entrepreneurs grecs et l'État.

Même si l'on imagine un conflit au temps des Jeux, qui aurait attendu huit ans pour régler son compte à Demertzis ? Il y avait mille occasions de le faire avant. Et surtout, pourquoi liquider Demertzis et non Petrakos ? C'est ce dernier qui se trouvait exposé, Demertzis étant à l'abri.

Et puis tout cela n'est lié en rien avec le meurtre de Theoloyis. On se retrouve à la case départ : soit le tueur fou, soit les terroristes.

– Une histoire bien embrouillée, dit Koula, fine mouche, qui a deviné mes pensées.

– Oui, deux meurtres jumeaux et deux victimes qui ne se connaissent pas.

– Il y a de la vengeance là-dessous, monsieur Charitos.

– Dans ce cas, on reviendrait à l'hypothèse du tueur fou.

– Un tueur fou frappe au hasard ; or ce n'est pas le cas, du moins jusqu'à présent. On frappe ici des hommes qui ont participé à la prise de Polytechnique. C'est ça le lien.

Elle n'a pas tort, me dis-je. Mais s'il en est ainsi nous ne sommes guère plus avancés. Retrouver quelqu'un qui veut se venger de ceux qui ont pris Polytechnique, quarante ans après, revient à chercher une aiguille dans une meule de foin. Aiguille rouillée, depuis le temps.

Je quitte l'avenue Veïkou pour la rue Missaraliotou et débouche dans la rue Kavaloti. Theoloyis habitait une maison ancienne à un étage, rénovée, de celles qu'on trouve dans tout le centre ancien d'Athènes, entre le Théséion et l'Acropole.

Une Asiatique nous ouvre. Nous nous présentons.

– Entrez, madame elle attend, dit-elle.

Elle nous introduit dans le salon au rez-de-chaussée et nous demande ce que nous voulons boire, puis disparaît. La pièce est petite, comme toujours dans ces maisons. Elle peine à contenir un canapé, deux fauteuils et la télévision en face. Derrière le poste, deux étagères basses chargées de divers bibelots, vases, compotiers, statuettes.

Au bout de cinq minutes, à l'entrée du salon, apparaît Mme Lagarde. Même coiffure, même nez, une seule différence : celle-ci est vêtue de noir et arbore un air funèbre.

– Je sais que le moment est mal choisi, lui dis-je. Mais nous devons d'urgence éclaircir certains points pour faire avancer l'enquête.

– Pas de problème, répond-elle d'une voix ferme. D'ailleurs, moi aussi je veux que l'assassin de Nikos soit arrêté au plus vite.

– Il y a entre le meurtre de votre mari et celui de l'entrepreneur Yerassimos Demertzis des ressemblances troublantes. Les deux hommes se connaissaient-ils ?

– Non.

– Je pose la question car tous deux ont participé à l'occupation de Polytechnique.

– Écoutez, je suis avocate comme mon mari et je travaillais avec lui à notre cabinet. Il s'occupait du pénal et moi du civil. Je peux vous certifier que Demertzis n'était pas notre client, et que nous ne le connaissions pas personnellement. De plus, je ne vois pas pourquoi quelqu'un voudrait tuer des gens qui étant jeunes se sont dressés contre la Dictature. Certains ont payé en subissant la torture, d'autres ont sacrifié leurs études et ont vécu dans la clandestinité, comme mon mari.

Elle a parlé clairement et calmement. Ne sachant que répondre, je change de direction.

– Savez-vous si parmi les affaires dont s'occupait votre mari, certaines pouvaient provoquer des actes de violence ? Des affaires d'argent sale ou de blanchiment, par exemple ?

Elle me regarde, songeuse.

– Si vous étiez avocat, monsieur le commissaire, vous sauriez que les avocats qui traitent ce genre d'affaires sont bien connus. C'est à eux qu'on s'adresse, pas à nous.

— Ne m'en veuillez pas. Nous sommes encore dans le brouillard et je dois tout envisager.

— Je ne vous en veux pas, répond-elle tranquillement. Et je suis dans le brouillard, moi aussi. Je ne vois pas qui avait intérêt à tuer Nikos.

Il me reste une question.

— Savez-vous si votre fille est rentrée en Grèce et où je peux la rencontrer ? J'aimerais lui parler.

— J'apprends par vous qu'elle est à l'étranger. Ma fille a rompu avec sa famille, monsieur le commissaire. Elle appelle de temps en temps la secrétaire au cabinet pour dire qu'elle va bien. C'est notre seul contact. Je peux vous donner son numéro de portable. J'espère qu'à vous au moins elle répondra.

Je ne lui demande pas la cause de cette rupture. De toute façon, il est exclu que cette Loukia ait tué son père. Je note le numéro, puis nous repartons, Koula et moi.

— Vous pensez que c'est une coïncidence ? demande Koula une fois dans la Seat.

— Quoi donc ?

— Le fait que les deux enfants se trouvaient loin au moment de l'assassinat.

— Qu'est-ce que tu imagines ? Qu'ils ont commandité le meurtre du père en s'assurant un alibi ? Qu'ils ont payé un tueur ou baratiné un psychopathe ? Non, je n'y crois pas.

— D'accord, ça va trop loin, mais reconnaissez qu'il s'agit d'une coïncidence démoniaque.

— C'est vrai, et j'espère qu'une autre coïncidence démoniaque nous permettra d'y voir plus clair, car pour l'instant c'est le noir complet.

J'appelle Loukia et par chance elle répond aussitôt.

– Loukia, c'est le commissaire Charitos. Il faut que nous parlions.

– Je suis au refuge. À moins que je ne doive aller à la police.

– Ce n'est pas la peine. Je vais passer.

– Très bien, je vous attends.

Elle répond comme si nous allions discuter ensemble de questions d'intendance. Cette famille devrait recevoir la médaille du sang-froid.

Avant que je démarre, mon portable sonne. C'est Papadakis.

– Je ne sais pas où vous êtes, monsieur le commissaire, mais ne passez pas par Syntagma. La place est fermée.

Ce garçon monte encore dans mon estime. Il a pensé à me prévenir, ce qui devient de plus en plus rare dans ce pays où l'indifférence nous a tous vaincus.

Je reprends l'avenue Veïkou et rejoins la place Omonia sans trop de mal. Puis j'évite l'avenue Patission par la rue Tritis Septemvriou. Au refuge tout est calme et en ordre, comme toujours. Loukia m'attend dans la salle du bas. Je lui présente Koula, qui lui dit « Salut ». Elle répond de même et me regarde. On voit qu'elle est pressée d'en finir avec moi.

– Qui t'a annoncé la mort de ton père ?

– Mes amis d'abord, ma mère ensuite.

– Ta mère m'a dit que tu ne répondais pas à ses appels.

Elle répond sans embarras, d'une voix ferme :

– J'ai rompu avec ma famille. Ce n'est pas un secret. Mes amis le savent, les amis de la famille aussi.

– Pourquoi cette rupture ?

J'empiète sur sa vie privée, ce qui nécessite une explication.

— Comprends-moi, Loukia. Pour retrouver l'assassin de ton père, il nous faut recueillir un maximum d'informations. Mes questions ne doivent pas t'étonner.

— Elles ne m'étonnent pas, et vous répondre ne me pose aucun problème. Voilà : je voulais faire ma vie toute seule.

— Fort bien, mais tu pouvais le faire sans couper les ponts.

Pour la première fois sa voix se charge d'émotion.

— Mes parents voulaient me transmettre les privilèges acquis par leur génération lors de la lutte contre la Dictature. Moi je ne voulais pas. C'est tout.

— Quels privilèges ? demande Koula.

La question lui a échappé, tant le comportement de Loukia l'intrigue.

— Je pourrais étudier en fac, passer un master et faire une thèse en travaillant à peine, parce que je suis la fille d'un ancien de Polytechnique. J'ai grandi dans une famille où ma mère à la moindre occasion racontait la résistance héroïque de mon père et de ses camarades, et la suite : elle l'a caché après la prise de l'école, ils sont tombés amoureux et se sont mariés. Bref, une image pieuse. Mais quand je suis arrivée en fac, mes camarades m'ont raconté une autre histoire.

— À savoir ? dis-je.

— Il paraît que mon père était dans toutes les combines. Qu'il fricotait avec les syndicalistes étudiants qui passaient leurs diplômes sans ouvrir un livre, car il leur donnait les sujets à l'avance.

— Et tu l'as cru ? demande Koula.

— Oui. Je savais que le but de mon père, c'était d'être recteur, et que pour être élu il avait besoin des voix syndicalistes. D'après mes camarades, rien ne se faisait à la fac sans l'approbation de mon père.

Elle respire profondément pour évacuer la tension, puis se tourne vers moi.

– Vous croyez peut-être que l'université est le temple du savoir. Oui, mais c'est aussi le temple de l'hypocrisie. Mon père, à chaque nouvel échelon, passait peu à peu de la résistance au conformisme. Je ne voulais pas être liée à tout ça. Je travaille ici, je donne des cours privés sans gagner un sou.

Elle me jette un regard rongé par le doute.

– Vous savez ce qui me tourmente, monsieur le commissaire ? Ce que je fais, je ne sais pas si c'est pour aider bénévolement dans la situation où nous sommes ou pour m'opposer à mon père.

– Mais que reproches-tu à ta mère ? demande Koula.

– Elle est fière de mon père et lui donne raison quoi qu'il fasse.

Puis, s'adressant à moi :

– À l'étage du dessus il y a un ami à vous que tout le monde ici bénit. Sa génération à lui a payé pendant des années sans être jamais dédommagée. La génération de mon père a été récompensée, elle n'arrête pas de l'être. Voilà la différence.

Dans tout ce qu'elle me révèle sur l'action de son père à l'université se cache peut-être la cause de sa mort. Mais comment m'y retrouver dans le temple de l'hypocrisie ? Qui acceptera de me parler ? Ceux qui appartenaient à la clique de Theoloyis ajouteront quelques touches au portrait du saint, et les autres se tairont, craignant les représailles.

– Tu connais quelqu'un qui pourrait me donner des détails plus précis sur l'activité professionnelle de ton père ?

– Oui, Stelios Kazantzis.

– Où puis-je le trouver ?

— Parmi les SDF de l'aéroport.

Elle semble amusée par ma surprise.

— Eh oui, un groupe de SDF clandestins a squatté l'aéroport.

— Comment puis-je le trouver ?

— Vous irez dans la grande salle d'attente, où sont les boutiques. Sur les sièges entre les deux cafétérias, celle de Grigoris et celle appelée Rizzata, vous verrez un vieux monsieur dans un costume démodé, portant cravate. C'est M. Zafiris. Vous lui direz que vous venez de ma part et il vous mènera jusqu'à Kazantzis.

Je voudrais bien monter saluer Zissis, mais non : Loukia pourrait le prendre mal, croyant que je veux l'interroger sur elle.

À chaque nouveau pas, au lieu de l'assassin, je rencontre le drame des enfants des victimes. L'avantage, pour moi qui ne suis pas personnellement impliqué, c'est que mon enfant peut déclarer à la radio qu'il y a encore de l'espoir. Le père a des doutes là-dessus, mais ne le dit pas.

— Pourquoi m'emmenez-vous, monsieur Charitos ? me demande Koula à la sortie du refuge. Je suis plus efficace devant mon écran.

— Tu m'apprends l'ordinateur, moi je t'apprends le reste.

23

Polytechnique. 1) n.m. Établissement universitaire où l'on enseigne les sciences appliquées. 2) a. (vx) Qui maîtrise plusieurs techniques ou les pratique professionnellement. *Polytechnique et famélique* (prov.). Se dit d'une personne qui pratique trop d'activités pour réussir en l'une d'elles.

Theoloyis était-il *polytechnique* ? On ne sait s'il maîtrisait toutes les techniques, mais il en pratiquait trois en vrai pro : l'enseignement, le métier d'avocat et aussi (à en croire sa fille) la magouille. En Grèce, la magouille est devenue un métier, ou du moins un art, exercé partout – ministères, police, université… Certes, notre homme n'était nullement famélique, sa belle maison le prouve, mais le proverbe s'applique fort bien à l'époque où ceux qui n'étaient pas fonctionnaires faisaient trois boulots pour s'en sortir. Aujourd'hui, on peut se retrouver SDF même avec trois boulots – la magouille exceptée.

– Tu t'es levé à quelle heure ? me demande Adriani en entrant dans le séjour.
– Six heures.
– Mon chéri, ne t'en fais donc pas ! On a encore de l'argent, on n'a pas besoin d'emprunter.

Je ne lui dis pas que c'est cette affaire qui m'empêche de dormir. Je préfère lui sourire, ne voulant pas gâcher la bonne humeur qui lui est venue d'entendre Katérina parler sur Radio Espoir.

Hier soir, à peine rentré chez moi, je suis allé à l'ordinateur. Phanis l'avait connecté à Internet. J'ai fait la seule chose que j'aie apprise jusqu'ici : cliquer sur l'icône de la station. Comme je n'ai pas d'écouteurs, le son sortait des haut-parleurs de l'ordi. C'est Katérina qui parlait. Elle racontait sa décision d'aller travailler en Afrique pour le haut-commissariat aux réfugiés et ce qui l'en a dissuadée. Tout cela pour exhorter ses auditeurs à rester eux aussi et se battre.

Adriani est entrée dans la chambre de Katérina où j'ai installé l'ordi.

— Tu parles avec ta machine ? a-t-elle demandé, étonnée.

J'ai expliqué, elle s'est assise.

— Ma petite fille ! Comme je suis fière d'elle ! a-t-elle dit plusieurs fois, avant de fondre en larmes.

— C'est la première fois que tu te dis fière d'elle, ai-je commenté pour briser l'émotion.

— Tu te trompes. Je suis toujours fière d'elle.

— Mais tu n'arrêtes pas de la rembarrer.

— Il faut bien rétablir l'équilibre, après tous tes compliments à l'eau de rose.

Lorsque Katérina est arrivée, sa mère lui a sauté au cou.

— Puisque vous m'avez gardée ici, il fallait bien que je m'occupe, a dit notre fille, cachant mal son plaisir d'avoir été entendue par sa mère.

Uli est venu avec elle pour inaugurer les leçons de conduite d'ordinateur. Il a montré à Adriani comment écouter Radio Espoir. Elle s'est retirée toute contente, j'ai pris sa place et Uli m'a appris en deux heures ce que j'aurais mis deux semaines à comprendre : comment écrire un texte, le sauvegarder, consulter mon courrier, télécharger des fichiers. Il a eu la courtoisie de louer mon intelligence, alors que je dois tout à la sienne. Sa rémunération : des courgettes farcies qu'il a englouties en répétant, la bouche pleine, *delicious*.

Ce matin, normalement, je devrais faire des exercices tout seul, mais depuis des années je combats mes insomnies avec le dictionnaire de Dimitrakos, et l'abandonner, ce serait le trahir.

Je pars avec deux cafés dans l'estomac, car j'ai décidé d'aller directement à l'aéroport, sans passer par la cafétéria du bureau.

Je prends l'avenue Mesoïon jusqu'à Ayia Paraskevi, puis l'autoroute Attiki Odos, rarement embouteillée, et j'arrive à l'aéroport en une demi-heure.

Dans le hall d'attente, je le repère aussitôt. Il n'a sûrement pas loin de quatre-vingts ans. Assis droit dans son fauteuil, dépassant ses voisins d'une tête, costumé cravaté, il a les yeux fixés sur le point de contrôle des cartes d'embarquement. Je m'approche et lui demande s'il est bien M. Zafiris. Il confirme.

– Je voudrais vous demander un service.

Il regarde autour de lui, inquiet, pour voir si je suis seul ou accompagné.

– Commissaire Charitos. C'est Loukia Theoloyi qui m'envoie. Je veux parler à M. Stelios Kazantzis.

Rassuré, il me dit de le suivre. Nous descendons à l'étage des arrivées.

– Nous sommes environ une quinzaine de sans-abri dans l'aéroport, m'explique-t-il dans un grec châtié en descendant les marches. Nous nous dispersons afin de ne pas attirer l'attention, car nous ne sommes guère vus d'un bon œil et l'aéroport fait tout pour obtenir notre départ.

Dans un fauteuil, face à une boutique où l'on vend de tout, depuis les journaux jusqu'au chocolat, un barbu à lunettes en blouson est assis. Zafiris se penche vers lui et chuchote à son oreille. Le type m'examine, puis se lève et vient vers moi.

– C'est Loukia qui vous envoie ?

– Oui. Je voudrais vous poser quelques questions concernant Nikos Theoloyis. Où pouvons-nous discuter autour d'un café ?

– Venez.

Zafiris prend sa place tandis que Kazantzis m'emmène dans une cafétéria toute proche. Je commande un café, il prend un thé.

– Que voulez-vous savoir ?

– Il a été assassiné, vous êtes au courant ?

– Oui.

– Cela ne vous a pas étonné ?

– Non, monsieur le commissaire. Pour moi, Nikos s'est suicidé il y a quarante ans.

– C'est-à-dire ?

Il réfléchit un instant.

– Nous étions dans la même fac, inséparables. C'était une tête, un étudiant modèle. Nous avons occupé ensemble la fac de droit puis Polytechnique. Je me suis fait prendre. Lui, sa femme l'a caché. Après la Dictature, quand nous sommes retournés en fac, Nikos n'était plus le même.

– C'est-à-dire ?

– Il n'ouvrait plus aucun livre. Il considérait les cours, non plus comme le bon étudiant que je connaissais, mais en contestataire. Il était déchaîné. Quand je m'étonnais, il me disait : « Réveille-toi, pauvre con.

Nous avons retardé nos études, moi dans la clandestinité, toi torturé. Le pays et la fac ont gagné l'estime de la société grâce à nos sacrifices. Ils sont nos débiteurs. »

Il s'arrête à nouveau, cette fois sans doute pour retrouver son calme.

– Nikos croyait que tout le monde était son débiteur. C'est selon le même raisonnement que plus tard il donnait l'examen aux syndicalistes : il croyait être leur débiteur, parce qu'ils votaient pour lui. Vous savez que lui-même a pompé sa thèse ?

Cela ne m'étonne pas trop : je me rappelle combien d'étudiants, du temps de la thèse de Katérina, pompaient allègrement, sans le moindre scrupule.

– Vous avez un bout de papier ? poursuit-il.

Je lui tends mon carnet. Il note dessus un lien Internet. Je sais ce que c'est grâce à Uli.

– Un étudiant mal noté qui voulait se venger de lui a trouvé l'ouvrage que Nikos avait pompé et a mis des extraits en ligne. Je ne sais pas si on l'y trouve encore, mais vous-même, qui n'êtes pas juriste, serez frappé par l'étendue du pompage. Son directeur de thèse et le jury devaient être au courant, mais ils ont tous fermé les yeux.

Je passerai le lien à Katérina et lui demanderai d'aller vérifier. On ne sait jamais, ce plagiat est peut-être lié à sa mort.

– Soyons justes, monsieur le commissaire : il n'était pas le seul. Beaucoup d'anciens opposants à la Dictature ont monnayé ainsi leur combat. Moi qui n'ai pas voulu le faire, ils me traitaient de dingue, de débile. À la fin, écœuré, j'ai quitté mes études. J'ai trouvé du boulot dans une entreprise et tourné le dos à mes amis. L'entreprise a fermé à cause de la crise, je me suis inscrit au chômage et au bout d'un an, à la fin des indemnités, je me suis retrouvé ici. Voilà ma petite histoire, conclut-il avec un sourire sans amertume.

— Vous pensez que le passé de Nikos Theoloyis peut être la cause de sa mort ?

— Comment savoir ? Ce qui est sûr, c'est que ceux qui ont largement profité de leur action passée l'ont fait presque tous impunément. Maintenant, si Nikos est l'un des rares qui ont payé, ce n'est pas dû à la justice divine, mais à la malchance.

— Comment avez-vous connu sa fille ?

— Elle est venue me trouver un jour, quand je travaillais encore. Elle m'a demandé de lui dire toute la vérité sur son père. Je lui ai tout dit, comme à vous. Quand j'ai eu fini, elle m'a dit simplement : « Mes camarades avaient raison. » Depuis, elle passe me voir quelquefois.

— Elle ne vous a pas proposé le refuge ?

— Si, mais je n'ai pas voulu quitter notre petit groupe. Vous voyez, nous sommes assez nombreux ici pour former une communauté.

Il rit, puis retrouve son sérieux.

— J'en ai voulu à Theoloyis, je l'avoue, monsieur le commissaire. Mais sa vie ne m'intéresse plus depuis longtemps et je me suis vengé en disant tout à sa fille.

Nous retournons à la boutique. Zafiris est assis au même endroit. Je prends congé de Kazantzis et Zafiris se lève pour me raccompagner.

— Serait-ce abuser que de vous demander mille drachmes, monsieur le commissaire ? me dit-il à la porte. C'est le prix d'un feuilleté aux épinards.

Voilà où nous en sommes, me dis-je. La pauvreté aidant la misère. Je lui tends son billet.

— Je porte mon costume de travail, me dit-il. Je l'ai rangé pendant quelques années avant de le ressortir.

Au point où nous en sommes, la mendicité est devenue un métier. J'ai toujours tenu à rester digne au travail, monsieur le commissaire. Je vous remercie encore.

Il me serre la main et s'éloigne, tandis que je rejoins le parking.

24

Dans le couloir, je tombe sur Dermitzakis, qui m'accueille presque à bras ouverts.

– Ils vont nous payer ! Ils ont promis !

– Promis, Dermitzakis ? Qui peut promettre par les temps qui courent ? La Grèce est le pays des promesses non tenues et des désirs frustrés.

– Cette fois c'est sûr ! Enfin, ils nous paient dix jours. Sauf que les dix jours vont revenir à une semaine, ou cinq jours peut-être.

– Pourquoi ?

– Hier on a encore dévalué. Ce n'est plus cinq cents drachmes pour un euro, mais six cents.

S'ils commencent à nous payer dix jours par mois, nous voilà frais. Les petits euros, comme nous les appelions affectueusement naguère, se sont transformés en monstres qui nous dévorent. Mais comme dit le proverbe, en pleine sécheresse, la grêle est bonne. Ne pleurons pas misère et réjouissons-nous de ces dix jours payés inespérés.

J'appelle Katérina, lui donne le lien et lui demande de chercher des traces du plagiat. Je pourrais le faire moi-même, avec ce que m'a appris Uli, mais les connaissances juridiques de ma fille m'inspirent davantage confiance.

Le duo Dermitzakis-Papadakis vient au rapport.

— Personne n'a entendu le coup de feu, annonce Papadakis. Il faut dire qu'à ce moment-là ils étaient tous en cours. Il faisait froid ce soir-là, et l'endroit ne se prête pas trop à la promenade. Donc, l'assassin avait peut-être un silencieux, ou peut-être pas.

Voilà qui est très juste, et qui ne fait qu'accroître le flou de l'affaire. Démence ou terrorisme ? Vengeance liée à Polytechnique ou magouilles plus récentes ? Silencieux ou non ? Quant au froid, il rend plus improbable encore la présence de témoins.

Nous sommes interrompus par un appel de Gonatas.

— Tu peux venir dans mon bureau ?
— Tu as du nouveau ?
— Peut-être. Pas sûr.

Décidément, le flou continue. Je renvoie mes adjoints pour monter chez Gonatas, mais cette fois c'est un appel de Spyridakis qui m'interrompt.

— Quand puis-je vous voir ?
— D'ici une demi-heure.

Je reprends mon souffle au quatrième étage, dans le bureau de Gonatas.

— Ne te fais pas des idées, dit-il. On a repris un Albanais qui s'était évadé de prison. On l'avait arrêté suite au hold-up d'une banque. Ils étaient quatre, membres d'une organisation terroriste. On est en train de l'interroger, mais pour l'instant il nie tout en bloc.

— Pourquoi penses-tu qu'il pourrait être l'assassin ?

— Pour deux raisons. D'abord, ses liens avec le terrorisme. Ensuite, pour le hold-up il a utilisé un calibre 9 mm.

— On a retrouvé l'arme du hold-up ?

— Oui. L'homme a essayé de s'échapper, il a tiré sur un policier. Il avait l'arme à la main quand il s'est rendu, mais ça ne veut rien dire. Il a peut-être racheté la même. Les braqueurs et les tueurs utilisent en principe le même type d'arme, pour plus de sûreté, comme tu le sais.

– On a retrouvé les trois autres ?

– Non. Ils ont pris en otage un employé de la banque et réussi à s'échapper.

– Et lui, que dit-il ?

– Qu'il n'a eu aucun contact avec eux depuis. Il ne sait pas où ils se cachent, mais s'il le savait, il les éviterait, craignant qu'ils ne soient sous surveillance.

– Il dit peut-être la vérité.

– Peut-être, mais ces gars-là ont mille moyens de communiquer entre eux. En tout cas, l'enquête continue et je te tiens au courant.

– Et si on se réunissait chez Guikas ? J'ai quelques infos et Spyridakis de la Délinquance financière aussi, des plus récentes.

– J'arrange ça et je t'appelle.

Si l'hypothèse terroriste tient bon, Guikas va sauter de joie, me dis-je en redescendant vers mon bureau.

Spyridakis m'y attend. Il feuillette un dossier ouvert sur ses genoux. Dès qu'il me voit, je sens qu'il va se lancer. Je le coupe dans son élan.

– Ne me dis rien encore. Je préfère que Guikas entende.

Cinq minutes plus tard, Guikas nous fait entrer. Gonatas est déjà là et commence en résumant l'affaire de l'Albanais. Ensuite je rapporte mes rencontres avec la femme de Theoloyis, sa fille et Kazantzis.

– Dis-moi, il ne choisit que des types en bisbille avec leurs enfants ?

– C'est peut-être une coïncidence, dis-je.

Spyridakis parle en dernier, ses infos étant nouvelles

pour tout le monde. Il ouvre son dossier, nous regarde et sourit.

– Je vais vous montrer comment une société peut utiliser des travailleurs clandestins tout à fait légalement. Depuis la période des Jeux, la Domotekniki, l'entreprise de Demertzis, a employé des ingénieurs, des conducteurs de travaux et des ouvriers spécialisés uniquement grecs. Le reste du personnel était constitué d'étrangers, les uns munis de papiers, les autres sans. Aucun de ces étrangers n'avait un permis de travail, aucun n'était inscrit à la sécu. Tout cela étant parfaitement légal.

– Comment est-ce possible ? demande Gonatas.

– Ce n'était pas l'entreprise qui les embauchait. La société de Petrakos les louait à la Domotekniki. Une transaction en règle, avec contrat, et Demertzis payait régulièrement la somme convenue. Petrakos, lui, avait une entreprise de transports. Il déclarait seulement ses chauffeurs et son personnel, et personne ne s'est soucié de savoir si les ouvriers l'étaient ou non.

– Et la femme de Lakodimos, dis-je, était l'associée de Petrakos.

– Exact, confirme Spyridakis. Vous comprenez maintenant pourquoi personne n'allait lui chercher des poux.

– Je me demande, commente Gonatas, combien de fois tous ces types ont marché sur l'ambassade américaine, en ce temps-là. Et moi qui me suis si souvent foutu sur la gueule avec eux, me voilà sans le sou, et je cherche en vain l'assassin d'un de ces messieurs.

– N'oubliez pas non plus que Petrakos a été dans l'autre camp. Il avait des relations lui aussi.

– Et tout ça nous mène où ? demande Guikas.

– Nulle part, répond Gonatas. Ça nous embrouille encore plus.

— Pourquoi ?
— Nous avons d'abord la piste albanaise. Si cela se confirme, nous avons affaire à une organisation terroriste.

Il s'arrête et je prends la relève.

— Il n'est pas moins vraisemblable que quelqu'un s'attaque à la génération de Polytechnique, accusée d'avoir fait son beurre par des moyens douteux. Mais ce que Spyridakis nous dit là ouvre une troisième porte.

— Pourquoi ? s'étonne Guikas. Tout colle avec la deuxième hypothèse.

— N'oubliez pas le message.
— Quel message ?
— L'enregistrement sur le portable de Demertzis : « Nous n'avons pas de pain. » Cela peut s'appliquer aux travailleurs immigrés fournis par Petrakos. L'assassin dit peut-être que ces gens-là volent le pain des Grecs.

— Et qui harcèle les étrangers et ceux qui les emploient ? L'extrême droite, complète Gonatas. Jusqu'ici nous n'avions pas de terrorisme de ce côté-là. Mais si c'est le cas, voilà un nouveau front qui s'ouvre.

— Et tout cela pendant qu'on est sans ministre, soupire Guikas désespéré.

C'est cela qui le tourmente.

25

Une nouvelle visite à Petrakos s'impose d'urgence. Maintenant que j'en sais plus sur ses combines avec Demertzis et la femme de Lakodimos, il est temps que je le coince pour tenter de lever un lièvre.

La première fois que je suis entré dans les bureaux de la Domotekniki, c'était juste après le meurtre du patron, en pleine panique. Cette fois on nage dans la déprime. La jeune femme de la réception m'accueille avec indifférence et me dit de monter à l'étage sans décoller les yeux de son ordinateur.

Dans la grande salle, devant le bocal de Petrakos, la moitié des bureaux sont vides. Petrakos me réserve l'accueil minimal, à savoir un « bonjour » manifestant que ma visite est pour lui un poids de plus.

J'entre dans le vif du sujet sans tarder.

— La dernière fois que nous nous sommes vus, vous ne m'avez pas parlé de votre entreprise, la Balkan Transports.

— Je ne voyais pas le rapport avec le meurtre. Et je ne vois toujours pas.

Je le lui expliquerai plus tard.

— Vous travaillez dans les Balkans. Les échanges de marchandises entre les pays de cette région sont-ils si importants ?

– Cela dépend. Ils sont nombreux et réguliers avec la Bulgarie et la Roumanie. Avec les autres pays, beaucoup moins.

– Or vous avez surtout travaillé avec l'Albanie. Ce pays suffirait donc à faire vivre une entreprise ?

Il me jette un regard plein d'ennui.

– Écoutez, monsieur le commissaire, il est évident que vous avez fouillé du côté de mon entreprise. Si vous me disiez précisément ce que vous voulez savoir, pour que je vous réponde moi aussi précisément ?

– Eh bien soyons précis : votre entreprise pratiquait avant tout le transport d'ouvriers immigrés venus des Balkans pour les chantiers de Demertzis.

– C'est ça, votre grande découverte ? dit-il, ironique. Quelle entreprise de construction n'a pas fait venir alors des ouvriers d'Albanie, de Bulgarie ou de Roumanie ? Comment croyez-vous qu'on a construit les bâtiments olympiques ? En respectant l'horaire officiel des travailleurs grecs ? Ces types-là n'avaient même pas l'horaire assoupli que nous a imposé l'Europe, avant le naufrage. Ils n'avaient pas d'horaire du tout. Comment les entreprises auraient-elles pu répondre à la pression du gouvernement d'alors et terminer à temps ? Il a fait traîner les adjudications, et ensuite c'était à nous de courir.

– En d'autres termes, vous avez été contraints d'embaucher dans tous les Balkans à cause des lenteurs de la bureaucratie grecque.

Nouveau sourire plein d'ironie.

– La bureaucratie grecque, monsieur le commissaire ? En fait, les ministres en question se creusaient la tête pour répartir équitablement les travaux entre leurs copains. Je reconnais que Yerassimos Demertzis était l'un d'eux, mais il y en avait d'autres.

— D'accord, mais il était en première ligne, puisque la femme du ministre concerné était actionnaire dans votre entreprise.

Cette fois le sourire s'efface. Un silence.

— Monsieur Petrakos, je ne travaille ni à la Délinquance financière ni au ministère des Finances. Donc, les éventuels délits de votre entreprise ne me concernent pas. Mon boulot, c'est de tirer au clair ce meurtre.

— Il n'y a rien dans mes deux entreprises qui puisse vous conduire à l'assassin, monsieur le commissaire. Je vous le dis en connaissance de cause. Ce que nous avons fait, toutes les autres entreprises l'ont fait. Personne n'a craint d'être contrôlé, car il fallait tout finir à temps pour les Jeux et tout le monde fermait les yeux.

Il se tait, et moi aussi, car je sais qu'il a raison. Quand tout le monde a profité du système, pourquoi tuer Demertzis ?

— Maintenant, reprend-il, si on veut venir examiner nos comptes, on n'a qu'à venir. Le patron est mort, son fils nous a fait savoir il y a deux jours par son avocat, qui est votre fille, qu'il refusait l'héritage, et l'autre héritière, l'épouse, est en soins intensifs. La Domotekniki sera en faillite dans quelques jours.

— Vous allez vous déclarer en faillite ?

— Nous n'avons pas de travaux. La société croule sous les dettes. Elle ne peut même plus payer les salaires. Et puis personne ne veut la reprendre. Vous voyez une autre solution ?

Je comprends maintenant la déprime générale. Je comprends que je dois parler sans tarder à Kyriakos Demertzis. Logiquement, il faudrait que Spyridakis m'accompagne, mais je crains de mécontenter Kyriakos, alors qu'avec moi, à cause de Katérina surtout, il sera plus à l'aise pour parler.

Je repars sans avoir avancé. J'appelle Koula et lui dis de prévenir la prison de ma visite.

Je passe par Ethniki Odos et arrive à Korydallos sans trop de mal. Le directeur m'attend dans son bureau.

— Kyriakos fait cours à des jeunes détenus. Je vais l'appeler.

— Attendez, monsieur le directeur. J'aimerais que vous me donniez d'abord vos impressions sur lui, maintenant que vous le connaissez mieux.

— Comment dire, monsieur le commissaire ? Ce n'est pas seulement le détenu qui est exemplaire, c'est l'homme. Il parle aux jeunes, écoute leurs histoires de famille, les conseille, leur donne des cours. Les conflits entre eux ont cessé, tous se sont rassemblés autour de lui. Pour nous c'est une bénédiction. La seule chose qu'il leur demande, c'est de lui laisser deux heures de solitude par jour pour lire et se recueillir.

Mais pourquoi un homme pareil s'est-il retrouvé en prison ? La question me tourmente et c'est celle que je lui pose dès son entrée.

— Mais vous connaissez la réponse ! J'ai dealé, je me suis fait gauler.

Il sourit.

— Vous savez, on n'est pas si mal ici. Mes journées sont plus pleines qu'avant, quand j'étais libre. Dans un sens, je suis l'annexe carcérale de notre école.

— J'ai appris par Petrakos que tu allais refuser l'héritage.

— Si j'avais voulu reprendre l'entreprise, je l'aurais fait quand mon père me l'a proposé. Je ne veux rien des richesses de mon père. Au fond, si je les acceptais, ce serait immoral.

— De toute façon, l'entreprise va couler. Petrakos me l'a dit.

— Tant mieux, dit-il sèchement.
— Nous avons découvert que Lakodimos était l'associé de ton père par l'intermédiaire de Petrakos.

Il rit.

— Lakodimos seulement ? Tous ceux de cette génération étaient associés, monsieur le commissaire. Ceux qui ne voulaient pas s'associer sont restés en rade.

— Kyriakos, il faut que tu m'aides. Il faut que tu me trouves quelqu'un qui en saurait davantage sur les affaires de ton père. Je soupçonne l'assassin d'être caché derrière tout ça.

— Je vous l'ai dit, je n'ai jamais voulu me mêler de ces choses-là. Je ne sais donc rien. La seule personne qui pourrait peut-être vous aider, c'est ma mère.

— Qui est en soins intensifs.

— Hier, les médecins espéraient un mieux, mais je n'ai pas pu la voir. Elle doit encore éviter les émotions.

Je me heurte sans cesse à des murs et cela m'agace, mais ce n'est pas la faute de Kyriakos.

— Je ne veux pas interrompre ta leçon plus longtemps, dis-je, et je me lève.

— Vous savez ce qu'un ami m'a dit un jour, monsieur le commissaire ? On dit que les mauvais garçons sont en taule et les bons garçons dehors, mais maintenant que je suis en prison, je comprends que ce n'est pas si simple. Un exemple : mon père et Lakodimos.

Je suis impatient de parler à la femme de Demertzis, mais puisqu'on n'a pas autorisé son fils à la voir, autant attendre demain.

Je suis vanné. Mieux vaut rentrer chez moi, ne serait-ce que pour me remettre les idées en place.

26

Je décide en chemin de passer à ma banque pour voir si la paie des dix jours devenus sept est arrivée, ou si quelque chose a coincé au dernier moment, comme c'est la règle depuis trois ans.

Elle est arrivée, en effet, mais quand je calcule ma fortune en euros, j'en ai les jambes sciées. C'est bien ça, me dis-je, les restrictions continuent, on a seulement changé de méthode. Je prends la grande décision qui se préparait depuis longtemps : mettre la Seat au garage. Adriani a raison, je peux fort bien aller travailler en bus, et pour les déplacements professionnels nous avons les voitures de patrouille.

Mon portable sonne.

— Papa, tu peux passer au bureau ? J'ai trouvé une piste concernant Theoloyis, tu seras étonné.

Je ne veux pas de nouvelles surprises. Celle de mon salaire me suffit pour aujourd'hui. Mais je ne veux pas non plus chagriner Katérina. Elle a trop de soucis pour que je lui inflige les miens en plus.

— J'arrive.

Je monte en voiture avec cette pensée amère : le bureau de ma fille sera la dernière étape de mon dernier parcours en Seat avant longtemps. Devant son bureau, je tombe sur quatre vieux. J'ai vu deux d'entre eux au refuge. Ils me saluent tous d'une seule voix. Katérina souriante me fait la bise.

— Je te présente mes gardes du corps. C'est oncle Lambros qui me les a envoyés.

— Lambros nous a fait oublier que nous sommes à la retraite, dit l'un d'eux. Il trouve du boulot pour chacun. Et tant pis si c'est gratos, on se rend utile au moins.

— Il est malade, Lambros ! dis-je, furieux, une fois entré dans le bureau de ma fille. Ces ruines-là vont te protéger ? Si c'est ça ta surprise, elle n'est pas drôle !

— Lambros m'a dit que les vieux sont les meilleurs gardes du corps possibles : personne n'osera lever la main sur eux.

— S'ils les prennent pour des Albanais ou des Géorgiens, ils taperont dessus. Ces gars-là ne distinguent pas les vieux des jeunes. Ils cognent sur tout ce qui bouge.

— Il a donné à chacun une pochette en plastique, avec leur carte d'identité dedans, et ils la portent accrochée au cou. Tout le monde voit qu'ils sont grecs.

Je me tais. Je dois le reconnaître : voilà une idée si astucieuse que c'en est presque pervers. Où trouverait-on de meilleurs gardes du corps ? On pourrait louer des vigiles, mais nous n'avons pas d'argent pour payer l'essence.

— Et la thèse de Theoloyis ? dis-je pour changer de sujet.

— Pompée sur celle d'un professeur de droit pénal allemand. Certaines pages sont recopiées mot à mot.

— Et personne n'a rien vu ?

— L'explication la plus simple est qu'on voulait lui donner sa thèse et que personne ne l'a lue. Ce ne serait pas la première fois. J'en ai parlé à Uli, il m'a dit en riant : « Tu sais combien de thèses ont eu le même sort en Allemagne ? » Mais je t'ai trouvé autre chose : le nom du rapporteur de la thèse. Un certain Stefanidis. Ça aussi, ça m'étonne. Il est considéré comme une sommité. Comment a-t-il pu laisser passer une chose pareille ?

– Sais-tu où je peux le trouver ?

– Il doit être à la retraite depuis des années, mais le secrétariat de la fac de droit a sûrement son adresse.

J'appelle Koula et lui dis de chercher cette adresse en priorité demain matin. Si Stefanidis n'a pas quitté ce monde entre-temps, il m'apprendra peut-être quelque chose. Et si je découvre le mobile d'un des meurtres, cela me mènera, qui sait ? à celui de l'autre.

– Tu viendras dîner, Katérina ?

– Bien sûr. J'ai invité l'oncle Lambros pour le remercier.

Son rire dissipe en partie mes idées noires. Katérina est la brise qui chasse les nuages.

– Monsieur Yannis, monsieur Christos, monsieur Stefanos, monsieur Andonis, merci beaucoup, dit Katérina aux quatre vieux. Aujourd'hui je n'ai plus besoin de vous. Mon père me raccompagne.

– Et demain ?

– Demain, non plus, je passe la journée au bureau. Mais après-demain matin, à huit heures je vais au tribunal.

Les vieux s'en vont et je demande où est Mania.

– Dans son bureau. Elle fait l'émission, c'est son tour.

Du bureau de Katérina jusqu'à chez nous, la Seat fait son dernier parcours. Adriani n'est pas là.

– Maman !

Pas de réponse, mais je devine où elle est.

J'emmène ma fille à son ancienne chambre. Adriani assise devant l'ordinateur écoute l'émission de Mania, trop absorbée pour remarquer notre présence.

— Alors comme ça vous avez ouvert un service d'aide à l'emploi ? dit-elle à la fin de l'émission.

Je les regarde, étonné.

— Les jeunes, oui, pas nous. Ils ont ouvert deux bureaux pour conseiller les jeunes chômeurs. Un au refuge et l'autre à l'école.

— Radio Espoir, le nom est bien trouvé, dit Adriani. Je ne sais pas s'il y a encore de l'espoir au point où nous en sommes, mais vous faites l'impossible pour nous persuader qu'il y en a. Bravo, ma petite fille !

Katérina est rayonnante : des compliments venant de sa mère, elle en reçoit seulement à Noël, à Pâques et au 15 août.

Les douceurs sont interrompues par l'arrivée de Zissis. Il embrasse d'abord Adriani, puis Katérina, puis m'expédie d'un bref bonsoir.

Adriani va préparer le repas. Nous ne lui avons rien dit de ce qui menace Katérina, elle passerait ses journées dans l'angoisse.

— Alors, Lambros, tu fais garder ma fille par des vieux ?

— Au point où nous en sommes, j'avais le choix entre des gros bras et des vieux. Ces soi-disant patriotes sont des brutes épaisses, mais pas au point de se mettre tout le monde à dos en tabassant quatre vieillards. Ne te fais pas de bile, Katérina est tout à fait en sûreté.

Phanis ne viendra pas ce soir, étant de garde. Adriani sert la soupe aux haricots, accompagnée de maquereau fumé, de radis et d'olives.

— Cette soupe est délicieuse, Adriani, dit Zissis après la première cuillerée. Et je m'y connais. J'en ai tellement mangé dans ma vie, vois-tu, que si les haricots étaient des drachmes, aujourd'hui j'aurais une villa à Ekali.

Ils sont passés au tutoiement.

– Le cours de la drachme est inversement proportionnel à celui de la soupe aux haricots, dis-je à Zissis. Quand la drachme descend, le haricot monte. Moi, de mon côté, j'ai décidé de ranger la Seat et d'aller travailler en bus.

Adriani et Katérina me regardent, Zissis continue de manger tranquillement.

– Ne fais pas cette tête, dis-je à Adriani, c'est toi qui m'as donné l'idée. Je t'ai écoutée, car je prévois qu'il va falloir se serrer encore la ceinture.

– Ne te plains pas, répond-elle sèchement. Toi au moins, tu n'as pas besoin de passer à leur agence pour l'emploi, tu as encore ton travail.

– Elle a raison, commissaire. Tu ne risques rien en prenant le bus. Moi, je prends tout le temps les transports en commun, et quand je suis à sec, je marche.

Je ne sais si leur absence totale de compassion me blesse personnellement ou si j'ai mal pour la Seat qui m'accompagne depuis si longtemps. Heureusement que je n'ai plus la Mirafiori. Avec elle ce serait plus dur encore.

– Katérina t'a parlé de l'agence que ces jeunes ont créée ? demande Adriani à Zissis.

– Je les vois au refuge tous les jours. Ils ont rédigé toute une liste de métiers, depuis l'agriculteur bio jusqu'au conseiller en retraites, en plaques solaires ou en parcs éoliens, en espérant que des étrangers viendront investir en Grèce. La plupart de ces métiers me sont inconnus, ils n'existaient pas de mon temps. Ces jeunes partent de zéro, mais font tout pour convaincre les gens de leur âge qu'il y a encore du travail et qu'ils doivent rester.

– Manque d'argent rend diligent, oncle Lambros, dit Katérina.

— On ne peut pas combattre la pauvreté si on ne l'accepte pas d'abord. Ces jeunes l'ont acceptée, ils peuvent la combattre. Ton père fait la même chose : il admet qu'il est pauvre et qu'il ne peut plus se payer le luxe d'une voiture. La plupart des Grecs pleurent encore leur richesse perdue, qui n'a jamais existé. Tant qu'ils le feront, ils ne sauront pas combattre leur pauvreté.

— En tout cas, ne laisse pas ta voiture ici, me dit Adriani. Le garage de la Sûreté, c'est plus prudent. Ici, tous les voisins savent que tu es dans la police. Demain quelqu'un pourrait te l'esquinter, parce que les MAT lui auront tapé dessus.

Adriani Charitou. Signe particulier : bon sens.

27

Je laisse la Seat au garage de la Sûreté en souhaitant que ce séjour soit bref et je monte au troisième étage, un café consolateur à la main.

Sur mon bureau je trouve les résultats de l'analyse balistique. L'arme qui a tué Theoloyis est celle qui a déjà tué Demertzis. Nous avons donc deux meurtres identiques et l'hypothèse terroriste gagne du terrain.

— Koula, tu as trouvé l'adresse de Stefanidis ?

— Il habite rue Krinon, à Psyhiko, à côté de l'ambassade de Chine.

— Dis à Papadakis de demander une voiture, et téléphone chez Stefanidis pour annoncer ma visite.

Le trajet est court, par l'avenue Vassileos Pavlou et la place Evkalypton. Nous arrivons devant un de ces immeubles construits lors du miracle économique des années cinquante, miracle immobilier dont la province ne s'est pas aperçue.

Au deuxième étage, une dame aux cheveux blancs dans les soixante ans, vêtue avec recherche, nous ouvre.

— Je suis la sœur du professeur Stefanidis, annonce-t-elle, et elle nous mène au bureau du frère.

C'est une pièce immense, presque une salle de cours, aux murs couverts de bibliothèques, où trône un bureau ancien. Les seuls autres meubles sont deux fauteuils de cuir et une échelle permettant d'atteindre les rayons du haut.

Apparaît aussitôt l'inévitable employée venue d'Asie qui nous demande ce que nous voulons boire. Je me dis parfois que les Asiatiques ont remplacé les petites jeunes filles des années cinquante, que les familles de Psyhiko faisaient venir de province pour leur trouver un bon mari. Le temps de trouver le mari, elles travaillaient gratis et, souvent, le bon mari ne se présentait jamais. L'avenir des Asiatiques me paraît plutôt sombre : nous sommes bien partis pour revenir aux jeunes filles de province.

Stefanidis est un septuagénaire chauve et replet, vêtu d'un costume cravate bien qu'il travaille à domicile. Il a entendu notre arrivée, mais continue d'écrire au stylo à son bureau.

– Nous venons vous déranger, professeur, car nous cherchons des informations sur Nikos Theoloyis. Vous savez sûrement qu'il a été assassiné.

– Je sais. Que voulez-vous savoir au juste ?

Sa voix est calme et neutre. Pas moyen de deviner ce qu'il pense.

– Notre enquête nous a révélé que quelqu'un a mis en ligne sur Internet la thèse de la victime, afin de prouver que c'est un plagiat. Nous nous demandons si cette thèse pourrait être la cause du meurtre.

– Après tant d'années ?

– Il y a des plats qui se mangent froids, professeur, dit Papadakis.

– C'était vraiment un plagiat ? interviens-je.

– D'un bout à l'autre.

– Ne le prenez pas pour une attaque, mais vous étiez le rapporteur. Vous ne vous êtes pas aperçu du plagiat ?

La réponse vient aussitôt, sèchement.

– Si, bien sûr.
– Et vous n'avez pas réagi ?

Il nous regarde dans les yeux pour la première fois, avec un sourire condescendant.

– Je suis de droite, monsieur le commissaire. Sans avoir jamais soutenu les Colonels. Vous savez ce que cela représentait, être de droite à l'université après la chute des Colonels ? Il suffisait d'une dénonciation, même infondée, pour être traîné dans la boue. Theoloyis était le héros de la résistance, tout le monde avait décidé de valider sa thèse. Il aurait fallu que j'aie des tendances au suicide pour me dresser contre lui. J'ai laissé faire. Dire que j'ai honte serait mentir.

Papadakis est prêt à bondir de sa chaise. Stefanidis le remarque et sourit avec ironie.

– Si vous étiez entré à l'École de police, jeune homme, du temps où je faisais mes études, on vous aurait réclamé un certificat de bonnes convictions nationales. Après la Dictature, on a supprimé ce certificat pour le remplacer par un certificat non écrit de convictions progressistes. Theoloyis en était le grand distributeur. Voilà pourquoi il a grimpé les échelons si vite.

– Et le jury ? demande Papadakis.

– Il ne s'est même pas donné la peine de lire la thèse.

Il respire profondément et se tourne vers moi.

– Sur le plan académique, Theoloyis était un médiocre, monsieur le commissaire. Sa force, c'était les associations étudiantes qui le soutenaient. Rien ne se faisait à la faculté de droit sans lui.

– S'il avait de tels partisans, dis-je, il ne pouvait pas ne pas avoir d'ennemis.

– C'est vrai, mais aucun d'eux n'osait se déclarer publiquement. On craignait de s'opposer à un tel mouvement de masse. Voyez-vous, les gens croient que l'université est le temple de la science, et c'est vrai, mais comme dans tous les temples, on se partage les vêtements. À cela près qu'à l'université on ne les tire pas au sort. C'est la corruption qui l'emporte, les combines et les petits profits.

– On ne peut tout de même pas exclure qu'un de ceux qui n'osaient pas parler alors ait fini par agir et le tuer.

– Si c'est le cas, sincèrement, je vous plains.

– Pourquoi ?

– Parce que personne ne parlera. Quelles que soient les inimitiés, sortir ces secrets du temple est considéré comme sacrilège. Vous connaissez le proverbe : « Dis du mal de ton toit, il s'écroulera sur toi » ? Il nous décrit parfaitement. Je crains fort que vous n'alliez vous heurter à un mur.

Il me désole, mais n'a sans doute pas tort. Il faut que je trouve quelqu'un qui ait quitté l'université, qu'on ait si possible chassé, écœuré.

– Une question me tourmente, monsieur le commissaire.

– Allez-y.

– Avant la Dictature et jusqu'à sa fin, la droite régnait à l'université, comme dans tout le système éducatif. Comment se fait-il que les étudiants sortis de nos mains, dans leur écrasante majorité, se soient retrouvés à gauche ? Parfois je me console en me disant que tout en étant de droite, nous n'avons pas soumis nos étudiants au lavage de cerveau. À d'autres moments je pense qu'ils sont passés à gauche par réaction contre nous, ou contre la Dictature. C'est ce que dirait Marx, que pour ma part je rejette.

Je suis venu chercher Theoloyis et je tombe sur Marx. À l'École de police, pendant la Dictature, personne ne nous parlait de lui. Il n'y en avait que pour les sales bolchos qui voulaient s'emparer de la patrie. Pour finir, Marx a mis Stefanidis K-O et moi je repars les mains vides.

— Pour être parfaitement juste avec Theoloyis, reprend Stefanidis que plus rien n'arrête, il n'a pas manqué de me renvoyer l'ascenseur. Il m'a toujours soutenu, et quand certains étudiants cherchaient à me créer des problèmes, il les rappelait à l'ordre aussitôt.

Il se lève pour nous faire comprendre que l'entretien est terminé.

— Je vous souhaite bonne chance, monsieur le commissaire. Vous en aurez besoin : les champs où vous entrez sont difficiles à labourer.

— Excusez-moi, me dit Papadakis tandis que nous regagnons la voiture, vous le faites exprès ?

— De quoi parles-tu ?

— Vous m'emmenez avec vous pour m'apprendre le métier, et pour finir, tous ces gens que je croyais sérieux et cultivés sont des fumiers, comme Theoloyis.

Je n'ai pas le temps de lui répondre, car la radio de la voiture nous interrompt.

— Message pour le commissaire Charitos. Nous avons reçu un appel anonyme. Une voix d'homme a dit : « Prévenez le commissaire Charitos que Dimos Lepeniotis est dans une boutique au coin de l'avenue Aharnon et de la rue Magnissias et l'attend. »

Et voilà une nouvelle victime. Et l'assassin s'adresse à moi personnellement. Ce qui veut dire qu'il me défie et veut diriger mes mouvements.

— Appelle Koula, dis-je à Papadakis. Qu'elle se renseigne sur ce Lepeniotis et prévienne l'Identité judiciaire et le médecin légiste.

— Et nous, qu'est-ce qu'on fait ?

– On va sur les lieux. Dis à Dermitzakis d'envoyer une voiture du commissariat local et de nous retrouver là-bas.

Pain, éducation, liberté. Le premier dirigeait une entreprise qui employait des immigrés, ce qui explique le pain. Le second était professeur en fac, d'où l'éducation. Et la liberté, qui va l'incarner ? Un politicien ? Un ancien partisan des Colonels ? Un homme en uniforme ?

La question me poursuit pendant tout le trajet.

28

Au coin de l'avenue Aharnon et de la rue Magnissias, une boutique fermée, la dernière d'une longue série. Sur la vitrine, rendue opaque par la saleté, quelques pauvres affiches à la gloire d'une chanteuse albanaise, d'une boutique de produits polonais et d'une autre de produits d'Extrême-Orient. Un étage d'habitation, au-dessus du magasin, semble tout aussi abandonné.

Autour du bâtiment, des gens de toute provenance discutent à voix basse. Une voiture de patrouille et son équipage barrent la porte entrouverte. Je ne sais si Dimitriou et son équipe, arrivés avant nous, l'ont trouvée ou non ainsi.

La victime est couchée sur le ventre au beau milieu de la boutique. L'assassin ayant tiré à bout portant, la cervelle s'est éparpillée par terre et sur le mur d'en face. Un corps intact, mais sans tête. Le spectacle est à vomir, y compris pour moi, bien que je sois en principe endurci. À en juger d'après le corps, l'homme avait dans les soixante ans.

Papadakis jette un coup d'œil au cadavre, puis court vers l'entrée, s'arrête à la porte et respire profondément.

– Heureusement que l'assassin nous a donné son nom, me dit-il en revenant. Impossible de le reconnaître.

Dimitriou me rejoint depuis l'autre bout de la boutique. Je lui demande :

– La porte était ouverte à votre arrivée ?

– Non, mais nous l'avons ouverte aussitôt. C'est une serrure toute simple.

Je regarde autour de moi. L'endroit est assez vaste et envahi par la crasse. Par terre, des vieux papiers, des planches cassées. Le sol est en bois, comme dans de nombreuses boutiques de l'immédiat après-guerre. Plusieurs lames du plancher étant brisées, on doit faire attention pour ne pas tomber. Il n'y a pas de meubles, à part quelques rayonnages sur un mur. La boutique a dû rester fermée pendant des années. Les murs et le plafond sont couverts de toiles d'araignées.

Stavropoulos entre et vient vers moi.

– Dis donc, c'est toi qui leur demandes de tuer à bout portant ?

– Écoute, Stavropoulos. On est dans la merde ici, on n'a pas le temps de se taper tes vannes et tes râleries en alternance.

Cette réponse abrupte le surprend : me défouler sur lui n'est pas dans mes habitudes. Il ne répond pas, enfile ses gants de chirurgien et se penche sur le corps. Mais avant qu'il le touche, le message se déclenche.

– Ici Polytechnique...

Suit le message que j'ai déjà entendu deux fois, et dont j'attends avec impatience la fin.

– Pain, éducation, liberté. Notre liberté à nous, c'est celle d'émigrer.

– Cette fois il s'est dépêché d'appeler, remarque Dimitriou.

– C'est qu'il ne nous voit pas, dis-je. Les autres fois, la victime se trouvait à l'extérieur, visible de loin. Ici, la vitrine est sale et bouche la vue. Il a donc appelé au hasard, après l'entrée de Stavropoulos.

Ce dernier message, cependant, m'apporte un nouvel élément. Qui est concerné par l'émigration ? Les jeunes avant tout, qui ne trouvent pas de travail dans leur pays. Jusqu'ici nous cherchions quelqu'un de la génération des victimes qui voulait se venger. Le dernier message nous suggère que les assassins pourraient être des jeunes désespérés qui voudraient frapper la génération précédente, jugée responsable de leurs malheurs.

Qui a toujours détesté ceux de Polytechnique ? L'extrême droite. Ils sont pour elle un chiffon rouge. Cela nous rapproche de la théorie de Gonatas, qui voit là un terrorisme fascistoïde.

Je l'appelle illico pour l'informer.

— Tu as raison, dit-il. Cette histoire d'émigration s'adresse aux jeunes sans emploi, et les groupes de jeunes les plus proches du crime sont ceux d'extrême droite.

— Oui, mais ils n'ont pas pu tuer ce type sans raison. Il doit y avoir là un lien avec l'offre d'emploi.

— Je vais tâcher de savoir quel était le métier de ce Lepeniotis et je te tiendrai au courant.

Autant j'avais du mal à m'entendre avec son prédécesseur Stathakos, autant tout est facile avec Gonatas.

Je commence à y voir un peu plus clair. Demertzis employait des immigrés pour ses chantiers. Qui soutient que les immigrés volent le pain des Grecs ? L'extrême droite. Theoloyis avait créé tout un système de soutien à travers les cellules de jeunes de son parti et des associations étudiantes. Dans les facs, là aussi, c'est l'extrême droite qui se trouve à l'écart du jeu des organisations. C'est elle qui est la plus susceptible d'avoir rejeté la responsabilité du chômage sur la génération de Polytechnique. De quelque façon qu'on envisage les trois meurtres, on retombe toujours sur l'extrême droite.

Quand mon cerveau se désembrume, une idée en entraîne une autre. Je laisse Stavropoulos et Dimitriou faire leur boulot et je sors de la boutique avec Papadakis. La petite foule est encore là et discute.

– Quelqu'un parmi vous connaissait-il Dimos Lepeniotis ?

– Moi ! s'écrie une femme dans les soixante ans, tandis que trois personnes lèvent la main.

Je m'occupe de la femme et laisse les trois autres à Papadakis.

– Où pouvons-nous parler ? lui dis-je.

– Chez moi.

Elle habite une maison à étage dans la rue Magnissias, trois pâtés de maisons plus loin. Elle m'emmène au premier.

– Je loue le rez-de-chaussée à des Russes de la mer Noire, dit-elle en hochant la tête. Cette maison est faite pour les réfugiés et les immigrés.

– Quel est votre nom ?

– Eléni Tsobanoglou. Je suis d'une famille de réfugiés d'Asie Mineure.

Précision superflue : la décoration de la maison le dit plus fort qu'elle. Tout est vieux : depuis la table de bois et les chaises paillées jusqu'aux guéridons près des fauteuils pour poser le café et la vitrine et ses quelques pièces d'argenterie. Mais le plus impressionnant, ce sont les broderies partout : sur la table, les guéridons, les dos et les accoudoirs du canapé et des fauteuils. Nombreuses et variées. On dirait qu'une femme a passé sa vie à broder, jusqu'à la tombe.

Voyant mon étonnement, Mme Tsobanoglou sourit.

– C'est le travail de deux générations, monsieur le commissaire. Ma grand-mère et ma mère. Moi, j'ai été dispensée, pour faire des études.

– Quelles études ?

– Littérature anglaise. J'ai gagné ma vie en enseignant l'anglais dans des cours privés.

– Comment avez-vous connu Lepeniotis ?

– Nous étions voisins depuis l'enfance, et à l'école primaire ensemble. La boutique appartenait à son père. Il vendait des draps, des taies d'oreillers, des couvertures, des serviettes de bain... Tout le quartier se fournissait chez Sotiris. Il était très aimé, car très gentil, toujours souriant, et quand un voisin était gêné financièrement, on s'arrangeait.

– Le fils n'a pas repris le commerce ?

– Son père lui a fait faire des études d'économie. Je ne comprends pas pourquoi, puisqu'il rêvait que Dimos reprenne la boutique. Je pense qu'il voulait que son fils ait un diplôme, même si cela ne servait à rien. Pour ces générations-là, le diplôme universitaire était une assurance. Mais Dimos a pris un autre chemin.

– C'est-à-dire ?

– Il a d'abord combattu la Dictature. Puis il a été syndicaliste. La boutique ne l'intéressait pas.

Cette activité syndicale de Lepeniotis explique peut-être le message. Il y a un rapport entre syndicalisme, travail et chômage. En même temps, sous la Dictature, il a été lié à la génération de Polytechnique.

– Vous savez où je peux trouver son père ?

– Il est mort. Kyra-Stavroula, sa femme, l'a précédé d'un an. Il est parti plein de chagrin, de voir son fils mépriser le magasin qui avait fait vivre la famille et payé ses études. Quand il est mort, Dimos a loué la boutique à quelqu'un de chez nous, qui vendait des meubles. Mais la crise a tout gâché, il a dû fermer. Depuis, le magasin est vide. Les seuls intéressés étaient des Asiatiques, ils voulaient vendre des produits de là-bas, mais Dimos a refusé de le leur louer, il craignait qu'ils ne disparaissent un jour en lui laissant un tas de dettes. Il attendait que quelqu'un de chez nous se propose, mais qui veut ouvrir une boutique dans l'avenue Aharnon aujourd'hui, pour faire faillite ?

Mme Tsobanoglou est une bénédiction pour un policier. On n'a même pas besoin de poser les questions. Elle démarre et ne s'arrête plus.

— Savez-vous quel était son métier ?

— Il était dans la fonction publique, mais où, je ne saurais pas vous le dire. Dimos avait rompu avec son quartier, voyez-vous. Du temps de ses parents, il passait parfois les voir. Il venait avec son fils, pour que les grands-parents le voient. Mais quand ils sont morts, il n'avait plus de raison de venir.

— Il était marié ?

— Divorcé. Les mauvaises langues disent que sa femme est partie avec l'enfant. Mais les voisins racontent beaucoup de choses. Et ils sont souvent méchants avec ceux qui les quittent. Ce qui est vrai là-dedans, personne ne le sait.

N'ayant plus de questions, je me lève.

— D'accord, il avait la grosse tête, me dit-elle en me raccompagnant. On tombait sur lui à la télé quelquefois, qui faisait des déclarations après une manifestation ou une rencontre avec un ministre, et on voyait bien qu'il s'y croyait. Mon père, qui vivait encore, lui faisait un bras d'honneur et l'appelait « le mégalo ». N'empêche, il n'aurait pas dû partir ainsi, comme un chien.

Le trio est homogène, me dis-je en descendant l'escalier. Aucun des trois n'était sympathique.

Je retourne à la boutique où Papadakis m'attend à l'entrée.

– J'ai un témoin.

– Du meurtre ?

– Non. Il a vu Lepeniotis entrer dans la boutique avec un autre type.

– Allons le voir.

Il m'emmène dans un bar tout proche, dans la rue adjacente. Un homme dans les cinquante ans est assis dans le fond devant un café.

Papadakis fait les présentations et je m'assois en face d'Aryiris Nikopoulos.

– Je suis au chômage depuis un an, commence-t-il. Avant, je travaillais dans une fabrique de parquets, mais elle a fermé. Heureusement je vis dans la maison de famille et je ne paie pas de loyer.

– Elle se trouve où, cette maison ?

– Juste en face de la boutique du crime. Comme j'ai perdu le sommeil, tous les matins à six heures je me mets à la fenêtre et je regarde passer les gens. C'est une façon de tuer le temps. J'essaie de deviner d'après leur allure s'ils ont du boulot ou non. Ce matin j'ai vu Lepeniotis arriver avec un type.

– Il était quelle heure, tu te souviens ?

– Je n'ai pas regardé ma montre. Je dirais, huit heures, huit heures et demie.

– Et que s'est-il passé ?

– Ils ont discuté devant la boutique.

– Discussion ou dispute ?

– Ils discutaient amicalement, j'en suis sûr.

– Bien. Ensuite ?

– Ils sont entrés dans la boutique et la porte s'est refermée.

– Peux-tu nous décrire l'homme qui l'accompagnait ?

— Le même âge que lui apparemment, plus petit, cheveux et barbe poivre et sel.

— Ses vêtements ?

— Il portait un blouson. Je ne me souviens pas du reste.

— Tu l'as vu s'en aller ?

— Non, je suis allé préparer mon deuxième café.

La théorie de l'extrême droite est bien jolie, mais le suspect n'est ni un jeune ni un bodybuilder au crâne rasé. Un homme banal, sexagénaire et barbu, tout le contraire de ce qu'on attendait.

À peine a-t-on bricolé une théorie, me dis-je, qu'elle s'effondre.

Je dis à Papadakis d'emmener Aryiris Nikopoulos à la Sûreté pour sa déposition, et d'appeler Dermitzakis et Koula pour qu'ils interrogent les voisins, de porte en porte, au cas où l'un d'eux aurait vu le suspect repartir.

Je retourne à la boutique. Stavropoulos a fini et m'attend.

— Le meurtre a été commis entre sept heures et dix heures du matin, m'annonce-t-il. Je serai plus précis après l'autopsie.

— Entre huit et neuf heures. J'ai un témoin qui a vu la victime et l'assassin entrer dans la boutique.

— Très bien, tu verras le reste dans mon rapport, me dit-il froidement, sans chercher à dissimuler sa mauvaise humeur.

Je le laisse et rappelle Gonatas pour l'informer.

— Désolé de te casser la baraque, dis-je.

— Comment ça ?

— L'assassin n'a pas le profil d'un militant d'extrême droite.

— Et alors ? Ils ont utilisé la voix de Polytechnique,

ils peuvent tout aussi bien avoir recours à un tueur qui a le look actuel des révolutionnaires d'alors.

Voilà qui suscite en moi des sentiments contradictoires. D'une part je me flanquerais des baffes de ne pas y avoir pensé, d'autre part je me réjouis de ce que ma théorie initiale tienne encore.

— Nous nous sommes renseignés sur Lepeniotis, poursuit Gonatas.

— Je t'écoute.

— Il travaillait à l'Organisation des bâtiments scolaires, mais c'était seulement pour toucher le salaire. Sa véritable occupation était ailleurs.

— Où ça ?

— Il était membre du conseil d'administration de l'Union générale des fonctionnaires.

Très bien, me dis-je. Un grand entrepreneur, un grand professeur et un grand syndicaliste. Tous liquidés avec en fond musical la voix de Polytechnique.

Je dis à Papadakis de prévenir l'UGF que nous souhaitons les rencontrer. Entre-temps, Dermitzakis et Koula ont commencé leur porte-à-porte.

Avant de continuer, j'appelle Mania et lui donne tous les détails connus concernant les trois meurtres et l'assassin.

— Je veux que tu me dises d'abord si ces éléments cadrent avec l'hypothèse d'une action d'extrême droite. Et ensuite s'il est conforme à l'idéologie et à la tactique de ces gens-là d'utiliser une imitation d'ancien de Polytechnique.

Quant à moi, je vais rendre visite aux syndicalistes d'abord, et ensuite aux Bâtiments scolaires.

29

Maintenant que j'ai laissé la Seat au garage de la Sûreté, comme certains parents démunis confient leurs enfants à l'Assistance publique, je commence à apprécier la voiture de patrouille et ses avantages. En dix minutes, la sirène aidant, Papadakis nous amène au siège de l'UGF.

Avant de quitter les lieux du crime, j'ai eu soin d'informer brièvement Guikas. De l'entrepreneur au professeur, puis au dirigeant syndicaliste, l'angoisse de mon supérieur monte par étapes vers son Golgotha, dont le sommet n'est pas encore en vue. Il a pris soin de prévenir en personne l'UGF de ma visite, afin que le conseil m'attende au garde-à-vous.

Je m'en aperçois dès mon entrée. Un quadra qui faisait impatiemment les cent pas s'interrompt et s'approche.

– Bonjour, monsieur le commissaire. Venez, ils vous attendent.

Pendant tout le trajet il répète : « Quelle tragédie... quelle tragédie... »

Il m'introduit dans une grande pièce où trône une table orthogonale entourée de chaises. La salle de réunion du conseil, sûrement. Aux murs, des photos alternent avec des petits drapeaux et d'autres souvenirs.

Autour de la table, quatre hommes sont debout. La

différence d'âge entre eux ne doit pas dépasser dix ans. Tous paraissent également effondrés.

– Asseyez-vous, monsieur le commissaire, dit l'un d'eux, nommé Velissaridis. Pouvez-vous nous dire ce qui s'est passé ?

Je résume brièvement l'affaire, sans rien dissimuler.

– Avez-vous des indices quant à l'identité de l'assassin ? demande Velissaridis.

– Nous n'en sommes pas encore là. Ce meurtre est très probablement lié à deux autres qui l'ont précédé, mais je n'en ai pas encore la preuve formelle.

– Tout ce que vous savez faire, dans la police, me dit le plus jeune, c'est lancer des gaz lacrymogènes sur les manifestants. À part ça, vous donnez des coups de poing dans le vide.

Papadakis me regarde, il attend ma réaction.

– Je dirige la Brigade criminelle, dis-je calmement. Les MAT ne sont pas mon rayon. Si les gaz lacrymogènes vous intéressent plus que le meurtre de votre collègue, je peux appeler M. Esperoglou, qui dirige les MAT, et vous en discuterez avec lui.

– Allons, Yorgos, on ne va pas recommencer, dit Velissaridis d'un ton las. On le sait, que ton parti est obsédé par les gaz.

Entouré de regards réprobateurs, l'homme se tait et nous nous asseyons.

– Les victimes des deux meurtres similaires précédents appartenaient à la génération de Polytechnique. Est-ce le cas de Dimos Lepeniotis ?

– Bien sûr, répond un barbu. Je ne sais pas s'il a participé à l'occupation de l'école, mais c'était l'un des dirigeants du Front de lutte des travailleurs.

Je commence à me représenter l'évolution de cette génération, qui ressemble fort à ce qui se passe dans l'Église. Dans la hiérarchie ecclésiastique on commence diacre et l'on termine évêque, et dans celle de Polytechnique on a démarré simple révolutionnaire pour finir entrepreneur, professeur ou dirigeant syndical, en montant les échelons plus vite que dans l'Église.

Lepeniotis complétant la trinité Polytechnique, je suis obligé de poser à nouveau les mêmes questions, certain de recevoir les mêmes réponses.

– L'un d'entre vous sait-il si dans sa vie étudiante ou militante Lepeniotis a connu des conflits qui auraient pu durer jusqu'à nos jours ?

– Vous êtes sérieux, monsieur le commissaire ? proteste le barbu. « Il est mort l'an dernier, il pue depuis cette année », comme on dit dans mon village. Qui s'intéresse à tout ça, quarante ans après ? On revient à la drachme, pas à l'histoire ancienne !

– Et ces derniers temps, dans sa profession ou au syndicat ?

Velissaridis se met à rire.

– Les conflits, chez nous, ça pullule, monsieur le commissaire. Nous venons tous de métiers, de partis différents, avec des intérêts différents. Les conflits sont donc fréquents et très intenses. Mais nous les surmontons de deux façons : soit par un compromis approuvé de tous, soit par un vote. Tant que nous aurons ces deux solutions, je ne nous vois pas nous entre-tuer.

– Le seul domaine où vous ayez vos chances, c'est sa vie privée, dit le barbu.

– Vous a-t-il paru soucieux ces derniers temps ? Avait-il des problèmes ?

– Au contraire, dit le barbu. Il était même très content d'avoir trouvé un locataire pour la boutique. Elle était restée vide un an et demi.

L'assassin se présente comme locataire, et une fois

dans la boutique il tue le propriétaire. Très bien. Mais comment savait-il que Lepeniotis avait une boutique à louer ?

— Vous a-t-il donné le nom du futur locataire, ou une information quelconque sur lui ?

— Non, répond le barbu. Nous savions seulement qu'il devait lui montrer la boutique.

Si Lepeniotis avait connu l'assassin, il aurait donné son nom à ses proches, ou du moins précisé qu'il connaissait l'intéressé. Il a dû faire sa connaissance devant la boutique.

— Pensez-vous que l'assassin est le locataire ? demande Velissaridis.

— Ce n'est pas exclu. Quelqu'un s'en prend à la génération de Polytechnique, mais nous ne comprenons pas pourquoi.

— Vous ne comprenez pas ? dit un moustachu en chemise rayée et pull rouge. Quand on a la main dans le miel depuis des années et que la crise arrive brutalement, il y aura toujours quelqu'un qui voudra se venger.

— D'accord, Thomas, dit Velissaridis agacé. Ceux de Polytechnique étaient dans le miel jusqu'au coude. Mais vous du Front de lutte des travailleurs, avez-vous été douloureusement brimés ? Vous n'aviez pas la main dans le miel, d'accord, mais vous vous êtes quand même sucrés…

— Les deux camps qui ont coulé le pays se disputent pour savoir qui des deux l'a le mieux coulé, remarque ironiquement le plus jeune.

— Je sais, le peuple c'est vous, répond Thomas aigrement. C'est pourquoi vous avez renversé l'expression populaire.

— Laquelle ?

– « Unis pour s'empiffrer, à part pour défiler. »

La conversation, délaissant Lepeniotis, s'est muée en empoignade. Pensant que je n'en apprendrai pas plus, je me décide à partir.

– En tout cas, ce que vous dites là entre vous, ne le répétez pas au-dehors, dis-je en me levant, imité par Papadakis.

– Ne vous inquiétez pas, me rassure Velissaridis, nous savons défendre la réputation de notre UGF.

– Votre réputation, c'est votre affaire, mais si vous continuez à vous chamailler en public, d'autres victimes vont peut-être s'ajouter aux trois présentes. Or, quant à moi, elles me suffisent parfaitement.

Je pars sans les saluer. Papadakis me suit sans un mot, mais arrivé à la voiture, il ne peut plus se contenir.

– En fin de compte, c'était ça, la génération de Polytechnique ? me demande-t-il.

– Ne me demande pas, Papadakis, je n'en sais rien. Moi, à l'époque, j'étais à l'École de police d'abord, puis gardien de prison. Pour moi, ces types-là, c'étaient des bandits rouges, qui voulaient faire de nous des compagnons de route des Soviets. C'est ce que nous disaient nos supérieurs. Et aujourd'hui, je vois la même chose que toi.

– Tout s'effiloche, monsieur le commissaire, philosophe Papadakis. Les draps, les couvertures, les humains, les générations… Tout… Vanité des vanités…

Il faut l'envoyer à Adriani, me dis-je, pour un master en sagesse populaire. Ce jeune homme a de l'avenir.

Je lui dis de mettre le cap sur l'Organisation des bâtiments scolaires, où travaillait Lepeniotis.

Nous montrons patte blanche à l'entrée et sommes envoyés au deuxième étage, dans une pièce contenant quatre bureaux, dont trois vides. Une femme de quarante ans est assise devant le quatrième, le nez collé à son ordinateur.

Elle nous jette un bref regard indifférent. Papadakis lui expose la raison de notre visite, ce qui lui arrache un vague « ah bon ».

— Vous ne saviez pas que Lepeniotis avait été assassiné ?

— Bien sûr que si.

— Et c'est tout l'effet que ça vous fait ?

Elle cesse de pianoter un instant.

— Ce qui me fait de l'effet, c'est que dans ce pays j'ai encore un boulot. C'est que je peux encore payer les études de mon fils. Je bénis le ciel de ce que mes parents survivent encore avec les débris de leur retraite. Le reste ne me fait aucun effet.

J'interviens.

— Nous voulons quelques renseignements sur Lepeniotis.

Elle se lève et ferme la porte.

— Je vous raconte que Dimos était le collègue idéal ou je vous dis la vérité ?

— Dites-nous la vérité, répond Papadakis.

— Alors trouvons un autre lieu. Ici les murs ont des oreilles.

— Nous allons vous convoquer officiellement, dis-je. Quel est votre nom ?

— Vassiliki Petroyanni.

— Madame Petroyanni, vous recevrez la convocation dans la journée et vous vous présenterez demain à la Sûreté pour interrogatoire.

— Très bien, répond-elle, souriante.

Voilà une réaction prometteuse. J'espère ne pas être déçu.

30

Koula m'appelle sur mon portable : la meute des journalistes m'attend devant mon bureau.

– Si vous souhaitez les éviter, ne venez pas.

Mon premier mouvement est de suivre son conseil. Mais nul n'échappe à son destin, dit-on. Demain matin je les retrouverai devant ma porte, alors que je serai pressé d'interroger Vassiliki Petroyanni, que j'aurai Guikas à informer, et ce sera pire encore.

– Dis-leur de m'attendre.

Je les retrouve dans le couloir, comme toujours. Dès que j'ouvre la porte, ils s'engouffrent dans le bureau et passent à l'attaque.

– Un entrepreneur, puis un professeur d'université, puis un dirigeant syndicaliste, dit la grande bringue. L'affaire vous dépasse, à mon avis, monsieur le commissaire.

Je réponds calmement, ravalant mon envie de l'envoyer paître.

– Elle est complexe, comme toutes les affaires d'assassins solitaires. Nous avons rassemblé une série d'indices, mais ils ne suffisent pas encore pour retrouver l'assassin. L'enquête continue.

– Et pendant ce temps, nous allons probablement

déplorer d'autres victimes, remarque Merikas, le remplaçant de Sotiropoulos.

Il n'a pas l'air de déplorer quoi que ce soit, mis à part le fait que la grande bringue lui coupe sans cesse l'herbe sous le pied.

— Pensez-vous que ces meurtres soient l'œuvre d'un groupe d'extrême droite ? demande le jeune abonné au T-shirt.

— Pour l'instant tout est possible et nous n'excluons rien.

J'essaie de ne pas tout dévoiler, craignant de renseigner l'assassin.

— En tout cas, vous ne pouvez pas exclure le risque d'avoir d'autres victimes, insiste Merikas.

— Si vous demandiez à M. Sotiropoulos, votre prédécesseur, il vous dirait que pendant tout le cours de l'enquête il faut être prêt pour de mauvaises surprises. Voilà pourquoi nous faisons tout pour terminer au plus vite.

L'allusion à son prédécesseur lui a visiblement déplu. La grande bringue lui lance un coup d'œil ironique.

Je fais une tentative pour interrompre la discussion.

— Je n'ai rien d'autre à vous dire pour l'instant.

— Vous n'avez rien à dire ou vous ne voulez pas le dire ? intervient la petite en collant rose.

— Nous n'avons rien de plus. Nous vous tiendrons au courant.

Mon bureau se vide et je me dis que j'ai bien fait de ne pas reporter l'épreuve. Une fois tranquille, j'appelle Koula et Dermitzakis.

— Alors ?

— Rien, monsieur le commissaire, dit Dermitzakis. La plupart des gens du quartier connaissaient Dimos Lepeniotis, mais ne l'ont pas vu ce matin. Les immigrés, c'est « j'ai pas vu je sais pas » pour tout le monde. Un seul m'a dit qu'il voulait la boutique pour y vendre des produits d'Asie, mais le proprio lui a répondu sèchement qu'il ne louait pas, point final.

— Il y a autre chose, dit Koula. L'hôpital de Mme Demertzi vient d'appeler, nous pouvons l'interroger. Mais il faut d'abord consulter son médecin, une certaine Fokidou.

J'appelle aussitôt. Par chance, elle est encore à l'hôpital.

— Vous pouvez voir la patiente, me dit-elle, mais vous devez être seul et ne pas rester plus d'une demi-heure. De préférence à partir de onze heures, après la visite des médecins. Et je vous demande de passer par mon bureau d'abord, pour d'autres recommandations.

Je raccroche tout heureux.

— Trouve-moi l'adresse de la femme et du fils de Lepeniotis, dis-je à Koula.

— Vous me jetez dans le grand bain ! dit-elle en riant.

Reste Guikas. J'informe sa secrétaire que je dois le rencontrer d'urgence en présence de Gonatas.

Guikas est d'humeur inquiète et maussade.

— On n'avance pas d'un poil ! Cette histoire est un vrai cauchemar. Les chaînes de télévision se régalent. Elles ne parlent que de ça. Le ministre intérimaire lui-même suit l'affaire, il m'a demandé où en est l'enquête.

Je bénis Adriani, qui en bannissant la télévision m'a évité de grincer des dents tous les soirs.

— Alors, aucun progrès ? nous demande Guikas, de l'air du type qui se noie.

— Si, on progresse, répond Gonatas. Nous avons de bonnes raisons de croire que l'extrême droite est dans le coup. J'ai lancé les recherches, mais nous n'avons pas encore de suspect.

– Et en attendant, soupire Guikas, nous allons avoir d'autres meurtres sur le dos.
– Je ne crois pas, dis-je.
– Qu'est-ce qui te fait dire ça ?
– J'ai compris ! s'écrie Gonatas. Le slogan !
– Quel slogan ?
– Pain, éducation, liberté, dis-je. Le meurtre de Demertzis correspond au pain, celui de Theoloyis à l'éducation et celui de Lepeniotis à la liberté. On a fait le tour du slogan, donc logiquement la série doit s'arrêter.

Nouveau soupir de Guikas, mi-accablé, mi-soulagé.

– Fasse le ciel que tu aies raison.

– Autre bonne nouvelle : j'ai le feu vert pour interroger Mme Demertzi. J'y vais demain.

– On pourra peut-être en tirer quelque chose, dit Guikas.

Je le laisse un peu ragaillardi et prends la tangente vers le bureau de Katérina. Si la chance m'accompagne jusqu'à ce soir, Mania m'apprendra quelque chose d'utile.

Si je sortais la Seat du garage ? La tentation est grande, mais *vade retro Satanas,* je prends le bus. C'est une corvée que de changer de bus pour rentrer chez moi ou rejoindre le bureau de ma fille, mais il faut que je m'habitue.

Je trouve Katérina plongée dans des dossiers.

– Mania t'attend dans son bureau, dit-elle.

– Et l'émission ? Vous avez arrêté d'émettre ? Qu'est-ce qu'elle va devenir, ta mère ?

Elle rit.

– Aujourd'hui, c'est Uli qui fait l'émission.

Je suis interloqué.

– Uli a appris le grec ?

— Non, il la fait en allemand. Nous avons pensé que ce serait bon pour les Allemands d'entendre l'un d'eux leur parler de la Grèce, qui ne soit pas l'un de leurs journalistes, de leurs diplomates ou de leurs membres de la Troïka.

— Chapeau, dis-je, impressionné.

— C'est une idée d'Uli. Il a envoyé des messages à tous ses amis. L'amélioration des relations gréco-allemandes par l'amour.

— Tu as mis le temps à le trouver, mais là tu as touché dans le mille, dis-je à Mania une fois dans son bureau.

— Que voulez-vous, monsieur Charitos, auparavant, quand je rencontrais un homme, je cherchais d'abord ses défauts. Chez Uli je ne trouve rien. Je finirai bien par trouver, mais pour l'instant ça m'agace.

Son rire heureux dément tout agacement. Mais elle retrouve d'un coup son ton professionnel.

— J'ai étudié les éléments que vous m'avez confiés. On ne peut pas exclure tout à fait l'extrême droite, mais l'hypothèse est peu probable, monsieur le commissaire.

— Qu'est-ce qui te fait dire ça ?

— Ceux d'extrême droite cognent, cassent, détruisent, mais ne réfléchissent pas. Or derrière ces crimes, il y a une pensée. Organiser trois meurtres à partir du slogan de Polytechnique, cela suppose un raffinement dans la pensée qui correspond mal à l'extrême droite.

— Tu penses que les auteurs sont jeunes ?

— Je ne sais pas. Pour contester Polytechnique, à première vue, il faut plutôt être jeune, mais cela peut aussi bien venir des déçus de cette génération. Ce qui est sûr, c'est qu'il s'agit de gens cultivés et politisés. L'extrême droite ne réfléchit pas politiquement, vous le savez, monsieur Charitos. Ces gens-là voient dans la politique une calamité.

— Merci, Mania. Tu m'as aidé, comme toujours.

— Je ne vous ai pas aidé, je vous ai cassé la baraque. Pour l'extrême droite, c'est facile de casser, et pour les autres, de même, c'est facile de mettre tout ce qui nous dérange sur le dos de l'extrême droite. Pour eux, nous sommes des traîtres, et pour nous ils sont une cible commode. Coupables ou non.

Voilà qui ne m'arrange pas et qui va déplaire à Gonatas, bien que lui-même ait des doutes.

Katérina et moi décidons de rentrer à pied. La surprise de sa mère en entendant Uli parler allemand à la radio la réjouit d'avance.

— Désolé de te faire marcher, lui dis-je en arrivant devant la porte. Mais comme nous l'avons dit, il faut économiser.

— Je dois te dire une chose, tant que nous sommes seuls. Au début, ça me gênait d'être fille de flic. En fac surtout, les premières années. Certains de mes camarades gardaient leurs distances.

— Et maintenant ?

— Maintenant je suis très fière, car tu as été patient avec moi, tu ne m'as jamais forcée à rien. Et tu as toujours su qui pouvait m'aider.

Et elle me fait une bise.

J'ai envie de monter l'escalier quatre à quatre. Mais l'immeuble a un ascenseur. Et le Grec moyen prend toujours l'ascenseur. À la réflexion, ce qui nous a démolis, c'est un ascenseur trop rapide.

31

La première personne que je rencontre ce matin-là, au bureau, est Vassiliki Petroyanni qui m'attend debout devant ma porte.

– Vous êtes matinale, madame Petroyanni, lui dis-je tandis qu'elle s'assied en face de moi.

– J'ai pris un congé pour déposer à la police et je pourrais manquer toute la journée, mais il vaut mieux que je retourne au bureau.

– Vous avez beaucoup de travail ?

– Nous avons un tas de licenciements, monsieur le commissaire. Jusqu'à l'an dernier, nous autres fonctionnaires, nous n'étions pas en danger. Nous pouvions nous payer le luxe de regarder avec compassion les licenciés du secteur privé. Mais, depuis, le vent a tourné, les licenciements n'arrêtent plus et le secteur public est comme une voiture sans freins.

Elle se signe.

– Heureusement, depuis la mort de Dimos je suis seule dans le service et ils ne pourront pas me virer facilement. « Ta mort est ma vie », voilà où nous en sommes, monsieur le commissaire, conclut-elle avec un sourire amer.

– Il a travaillé combien de temps chez vous ?

– Il est arrivé il y a trois ans. Mais « travailler »

n'est pas le mot qui convient. Il était syndicaliste, et dans la fonction publique les syndicalistes ne travaillent pas. Leur travail, c'est de défendre les intérêts et les droits des employés.

– Il ne prenait pas du tout part à l'activité du service ?

– Vous voulez savoir son emploi du temps ? En arrivant le matin il avait le choix. Il pouvait faire la tournée des bureaux, bavarder avec les collègues, puis aboutir au bureau du directeur – ils étaient copains et du même parti. Là, d'habitude, ils discutaient de ceux qu'il voulait faire entrer dans l'organisation ou de ceux qu'il avait dans le nez. Ou alors il s'en allait au bout d'une heure en prétextant qu'il avait à faire au syndicat ou à l'Union générale des fonctionnaires. Jusque-là, je n'ai rien à dire. La plupart des syndicalistes font la même chose. Mais Dimos allait plus loin.

– C'est-à-dire ?

– Il venait pointer le matin, s'en allait et revenait pointer le soir à neuf heures. Si bien que les heures au-delà de l'heure de départ normale lui étaient comptées en heures supplémentaires.

– Qui était au courant ?

– Tout le monde. Et personne n'ouvrait la bouche, on avait trop peur de s'en prendre à lui. Il pouvait vous faire du mal. Vous faire muter, vous priver d'heures sup, et même vous faire licencier. Donc, on la bouclait.

Dommage que Lepeniotis, d'après ce que nous savons, n'ait pas connu son assassin : nous pourrions le chercher parmi les collègues maltraités par lui.

– On nous a dit que Lepeniotis était séparé.

Elle hoche tristement la tête.

– Pauvre Anna. Elle a été seule pour élever son fils. Dimos n'avait pas le temps de s'occuper d'eux. Toute sa vie était bouffée par le parti et le syndicat.

Pour finir, Anna a vu rouge, elle a quitté le cabinet d'avocats où elle travaillait et emmené son fils pour aller vivre près de ses parents, à Halkida.

Elle hésite, puis se lance.

– Autant que vous l'appreniez par moi. Anna était mon amie, monsieur le commissaire. Nous avons fait la fac de droit ensemble. C'est grâce à elle que j'ai été nommée ici. Quand ils ont divorcé, Dimos m'en a voulu. Il a cru que je l'avais poussée à partir, ce qui est faux.

– Savez-vous comment je peux la joindre ? Il faut que nous lui posions quelques questions, au moins pour la forme.

– Je vais vous donner son numéro de portable. Vous pouvez lui dire que vous l'avez eu par moi. Elle s'appelle Anna Dermiri.

Je note le numéro. Je sais que Mme Petroyanni ne me conduira pas au triple assassin, mais ses informations complètent l'image non seulement des victimes, mais aussi du criminel. Nous savons maintenant, sans aucun doute possible, qu'il ne choisit pas ses proies au hasard. Il vise des anciens opposants à la Dictature qui ont ensuite monnayé leur passé, comme le dirait Kyriakos Demertzis.

Mme Petroyanni une fois partie, j'appelle Mme Dermiri.

– Vous savez sûrement que votre ancien mari a été assassiné.

– Oui, monsieur le commissaire.

– Nous allons être obligés de vous interroger.

– J'habite près de Halkida. Vous pouvez venir jusque chez moi, à moins que je n'aille faire ma déposition au commissariat central de Halkida. Que préférez-vous ?

– Je préfère venir demain.

— Je suis à Nea Lampsakos. Vous demanderez la maison de Dermiris, tout le monde la connaît.

Elle raccroche et sans plus tarder je m'en vais rencontrer la femme de Demertzis à l'hôpital, flanqué cette fois de Dermitzakis.

Le docteur Fokidou est une quadra de taille moyenne, en blouse et portant lunettes. Voyant que nous sommes deux, elle fronce les sourcils.

— Mon adjoint attendra en bas, à la réception, dis-je.
— Comme je vous l'ai dit au téléphone, vous pouvez rester une demi-heure au maximum. Je vous prierai de ne pas dépasser, et de ne pas insister si elle ne veut pas répondre à certaines questions. Elle est encore très fragile, et la moindre pression peut amener une rechute.

Tout cela d'un ton poli, mais catégorique.

— Je suivrai vos recommandations à la lettre, dis-je.
— Son fils est venu la voir hier. Elle l'a vu en bonne forme et cela lui a fait du bien.

Elle m'emmène jusque dans sa chambre.

— Olga, le commissaire Charitos veut te poser quelques questions. Il ne restera pas longtemps, mais si tu te sens mal, dis-le-lui, il arrêtera.

Elle nous salue d'un signe de tête et se retire.

Mme Demertzi est assise dans son lit, des journaux étalés autour d'elle. Elle doit avoir une dizaine d'années de moins que son mari et ce qui frappe à première vue, c'est la ressemblance avec son fils.

— Je vais tâcher de ne pas vous fatiguer, madame.

Elle sourit faiblement.

— Les médecins croient que la crise que j'ai subie a pour cause la mort de Makis, mais ils se trompent.
— Alors à quoi est-elle due ?
— À ma grande erreur, monsieur le commissaire, celle de vouloir reconstituer ma famille. Pour finir, Kyriakos

est parti de chez nous et Makis et moi étions tout sauf un couple, encore moins une famille.

Elle tente de ravaler un sanglot.

— C'est moi qui ai envoyé mon fils en prison, monsieur le commissaire.

J'essaie de lui remonter le moral.

— Kyriakos est très aimé là-bas, surtout des jeunes détenus. Il les aide beaucoup. Ce n'est jamais agréable d'être emprisonné, mais chaque fois que je l'ai vu, il ne m'a pas paru malheureux.

— À moi non plus, et c'est pour moi un grand soulagement. Quand je lui ai demandé ce qu'il mangeait, il m'a répondu : la même chose que les autres. Quand je lui ai proposé de l'argent pour qu'il mange au moins correctement, il m'a répondu qu'il ne pouvait pas aider les jeunes détenus et en même temps mieux manger qu'eux.

Chaque fois que je le vois ou que j'entends parler de lui, mon estime pour Kyriakos Demertzis grandit. Mais pour l'instant je dois revenir à l'enquête.

— Et tout a commencé à cause de la relation amoureuse de votre mari ? Vous pouvez ne pas répondre.

Elle prend son visage dans ses mains comme pour le garder sous contrôle.

— Je vais vous répondre, dit-elle calmement. Vous parliez de la relation amoureuse de mon mari ? Il n'y a pas eu de relation amoureuse, monsieur le commissaire. Makis n'était pas amoureux de cette fille. De moi non plus, jamais. Il n'aimait pas son fils. Il n'a jamais aimé qu'une seule personne.

— Qui donc ?

— Lui-même. Makis était amoureux de lui-même. Amoureux de son action révolutionnaire, de son succès professionnel, du pouvoir que lui donnaient ses relations. Et ce grand amour a duré toute sa vie. Quant à cette fille, la plaquer lui était aussi facile que de rentrer chez lui. Cette fille, sa famille, tout ça ne comptait pas beaucoup pour lui.

Maintenant qu'elle le dit, je découvre un nouveau point commun entre les trois victimes : le narcissisme. Tous trois étaient en adoration devant leur activité révolutionnaire passée et leur réussite présente. Si Papadakis me posait sa question aujourd'hui, je répondrais que c'était la génération du narcissisme absolu.

Les mains de Mme Demertzi quittent son visage et s'affairent à lisser la couverture.

— Le seul qui l'ait compris, c'est Kyriakos, poursuit-elle. Savez-vous ce qu'il m'a dit quand son père a décidé de revenir chez nous ? « Tu as creusé ta propre tombe. Je n'ai pas l'intention de tomber dedans moi aussi. » Le lendemain il est parti.

— Vous savez qu'il a refusé l'héritage ?

— Il me l'a annoncé hier. Il m'a dit : « Je ne veux rien recevoir de cet homme. » Mais moi, je ne vais rien me refuser, monsieur le commissaire. Ses biens immobiliers et son compte en banque à eux seuls m'assurent une vie confortable. Au fond, il me devait bien ça, ajoute-t-elle avec un cynisme soudain.

— Que savez-vous sur l'entreprise de votre mari ? Et sur son directeur financier, Petrakos ?

— Je ne sais rien de son entreprise, ses relations et ses activités. Il ne m'en parlait jamais. Je sais seulement qu'il avait très peur de quelqu'un.

— De qui ?

— D'un certain Yannis. Je ne connais pas son nom de famille et ne l'ai jamais vu. Je sais seulement qu'un jour cet homme a téléphoné chez nous, et qu'ensuite Makis m'a dit, comme s'il se parlait à lui-même : « D'où il sort, celui-là ? » Il n'en a jamais reparlé, mais depuis lors ce Yannis l'a souvent appelé. Le soir, toujours. À chaque fois, Makis était troublé et s'efforçait d'apaiser l'autre. Puis il passait une dizaine d'appels.

— De quoi parlait-il avec cet homme ?

— Je n'entendais pas bien. Je peux seulement dire qu'il lui parlait comme à quelqu'un de son âge.

Nous voilà bien avancés. Un Yannis. Une aiguille dans une botte de foin. Je me rappelle ce que m'a dit Nikopoulos : l'homme qu'il a vu avec Lepeniotis avait le même âge que lui. Serait-ce Yannis ? Peut-être que je me trompe et que Lepeniotis connaissait son assassin ?

Je consulte ma montre : vingt-cinq minutes. Je ne veux pas fatiguer la malade plus longtemps.

— Kyriakos m'a dit que son avocate était votre fille, dit-elle tandis que je prends congé.

— Elle a beaucoup d'estime pour lui. Votre fils est quelqu'un de bien, madame.

Elle m'offre son premier vrai sourire.

— Je vous remercie. Il y a toujours une consolation quelque part. Dans mon cas, elle est toute proche.

Je passe par le bureau du docteur Fokidou.

— Vous êtes exact, ce qui est rare en Grèce, dit-elle.

En quittant l'hôpital, je me souviens de ce que Katérina m'a dit la veille au soir. Je me dis que ma fille possède ce que Kyriakos n'a jamais eu, et je me sens tout fier.

32

Il est plus facile d'aller à Halkida que de traverser Athènes. L'autoroute bouchonne rarement et dès Malakassa on roule à plus de cent à l'heure. En approchant de Halkida, la circulation se fait plus dense, mais Nea Lampsakos n'est pas loin.

On se croirait au paradis des buveurs d'ouzo : le village, apparemment, vit de ses bars à ouzo et de ses tavernes. Nous nous arrêtons devant le premier de la série pour demander notre chemin. Le patron hausse les épaules, jugeant superflu de nous répondre. Au bar suivant nous sommes plus chanceux.

– Vous cherchez Lefteris ? nous demande un client, qui nous a entendus parler au serveur.

– Je cherche sa mère.

– Je m'en doutais. Nous avons appris pour le meurtre. Prenez tout droit et sortez du village, la maison des Dermiris est à cinq cents mètres sur la gauche.

Renseignements exacts. La maison est de celles que les réfugiés d'Asie Mineure ont construites en arrivant, dans les années vingt. Un grand jardin plein de verdure sur le devant. Un pick-up garé près du portail et un homme jeune en train de biner.

– Nous cherchons Mme Anna Dermiri.

– Je sais. Vous êtes de la police. Maman vous attend.

C'est donc à Lefteris que nous parlons. Le fils de Demertzis est en prison, la fille de Theoloyis donne des cours gratuits et le fils de Lepeniotis est devenu paysan. Tous trois aussi loin que possible de leur père.

Lefteris nous précède pour ouvrir la porte.

— Maman, la police est là, crie-t-il.

Nous sommes accueillis par une femme dans les cinquante-cinq ans, vêtue d'une robe toute simple avec un tablier par-dessus. Elle a les cheveux blancs et n'est pas maquillée. Anna Dermiri a retrouvé ses racines campagnardes, suivie par son fils.

— Vous prendrez quelque chose ? demande-t-elle, comme pour confirmer ses liens avec les traditions campagnardes familiales.

Un refus risque de la blesser, comme il aurait blessé ma mère. Je prendrai donc un café peu sucré, et Dermitzakis un verre d'eau.

Pendant qu'elle prépare le café, je jette un coup d'œil autour de moi. La cuisinière est dans le séjour, flanquée d'un frigo. Au-dessus, sur des rayonnages, la vaisselle bien rangée. À côté, le placard classique des maisons paysannes avec ses petits rideaux brodés. Une porte fermée conduit vers les autres pièces.

— C'est la maison de mes grands-parents, explique Lefteris.

On s'en serait douté.

Mme Dermiri nous sert le café et le verre d'eau, accompagnés de fruits confits au sirop, et s'assoit sur la chaise libre. Je me demande comment une avocate athénienne a pu se métamorphoser en paysanne.

— La terre nous libère, monsieur le commissaire, dit-elle, comme si elle avait lu mes pensées. C'est la première chose que je me suis dite quand j'ai décidé de prendre Lefteris et de quitter Athènes.

– Combien d'années ont passé depuis ?

Cela ne servira pas à l'enquête, je le dis plutôt pour détendre l'atmosphère.

– Trois ans. Lefteris avait dix-neuf ans. Il étudiait le journalisme, il a laissé tomber. Il est devenu meilleur paysan que moi. Il a appris avec le grand-père et n'a rien voulu faire d'autre. Mon père est mort l'an dernier. Maintenant nous pratiquons l'agriculture bio et vendons notre récolte à un bon prix. La crise ne nous a pas encore atteints.

Elle sourit. Je regarde son fils. Un vrai jeune paysan, corps musclé, bras solides. Voyant que je l'observe, il me sourit, très à l'aise.

– Vous n'avez pas eu de contacts avec votre ex-mari depuis le divorce ?

– Un jour qu'il était parti pour un week-end de travail, j'ai rempli deux valises et suis partie avec Lefteris. Depuis je n'ai plus eu aucun contact avec lui. Il a deviné que je m'étais réfugiée chez mes parents et il est venu pour me dissuader. Quand il m'a vue habillée en paysanne, il a compris que c'était peine perdue.

– Et qu'a-t-il fait ?

– Il m'a dit que je pouvais faire ce que je voulais, mais que je n'avais pas le droit de détruire Lefteris. Il a proposé de le prendre avec lui, j'ai refusé. Il m'a menacée d'un procès, mais Lefteris était majeur. J'avais patienté en attendant qu'il le soit, sinon je serais partie bien plus tôt.

Elle hésite, puis continue.

– La seule chose que Dimos savait bien faire, c'était agresser, menacer. Au sein du parti, du syndicat, lors des manifestations, à la télévision. C'est ce qui lui a permis de faire carrière. On lui offrait des compensations pour qu'il se taise. Un voyage à l'étranger, des subventions européennes, un poste pour l'un de ses protégés.

Lefteris prend le relais.

— Voyant qu'il n'arrivait à rien avec ma mère, il est venu vers moi. Il m'a dit que c'était dommage de m'enterrer dans ce village de merde et de foutre en l'air mes études.

Il sourit, comme s'il se rappelait quelque chose de drôle.

— Il s'inquiétait pour mes études, brusquement ! Je lui ai dit : « Devenir journaliste, pourquoi ? Tu veux te servir de moi pour faire ta pub dans les médias ? » Il m'a dit que si je terminais mes études, j'aurais une place assurée dans le bureau de presse d'un ministère ou d'un organisme quelconque. On discutait dans le jardin. Je suis rentré et j'ai fermé la porte. On ne s'est jamais reparlé depuis.

— Tu iras à l'enterrement de ton père ? dit Dermitzakis.

— Non, répond-il sans la moindre hésitation. Mon père vivait avec ses copains du parti et ses collègues du syndicat. C'étaient eux sa famille, c'est à eux de l'enterrer.

La question n'est pas qui va l'enterrer, mais qui l'a tué ? Le linge sale des trois victimes est déballé après leur mort. Oui, mais ils ont trimballé ce linge sale pendant des années, et je ne comprends toujours pas pourquoi quelqu'un a eu soudain le nez sensible au point de ne plus supporter la puanteur.

Je recours à la question habituelle :

— Madame, savez-vous si votre ex-mari avait des ennemis ?

Elle rit.

— Je peux vous énumérer trois groupes. Le premier,

ses rivaux du parti et des syndicats, une centaine de personnes. Le deuxième, plus nombreux sûrement, tous ceux à qui l'un de ses protégés a soufflé un poste. Les protégés, il en avait toujours plus, un vrai nuage de sauterelles. Le troisième, c'était la génération d'après.

— C'est-à-dire ? demande mon adjoint, aussi intrigué que moi.

— Vous allez comprendre. La génération de Polytechnique a régné pendant dix ans au moins. Après la Dictature, elle a pris le pouvoir en politique, dans les syndicats, les coopératives agricoles, l'éducation, partout. Personne ne pouvait contester son pouvoir absolu. Puis une nouvelle génération est apparue, formée à l'image de la précédente. Elle s'est donc mise à revendiquer sa part et c'est là que les conflits et les haines ont commencé. Si vous voulez chercher l'assassin parmi cette masse, il va falloir plonger profond, monsieur le commissaire.

Je suis tombé sur une paysanne intello. Elle a beau porter un tablier, ce qu'elle trimballe dans sa cervelle, ce n'est pas des tailles et des récoltes, mais l'amertume d'une vie ratée qui l'a contrainte à revenir au point de départ.

— Si vous n'avez plus besoin de moi, me dit Lefteris, je retourne bosser.

— Tu peux y aller.

Le fils une fois sorti, je demande à la mère :

— Le nom Yannis, ça vous dit quelque chose ?

Elle me regarde, stupéfaite.

— Vous voulez parler de Yannis Halatsis ?

— Vous le connaissez ?

— De nom. Je sais seulement qu'un jour il a téléphoné à Dimos, qui a été surpris et bouleversé et qui a donné ensuite plusieurs coups de fil.

— C'était un ami de votre ex-mari ?

— Une vieille connaissance, je crois, dont il avait perdu la trace. Quand je lui ai demandé la raison de son angoisse, il m'a dit que cet homme était un raté qui détestait ceux de sa génération qui avaient réussi. « Ce genre d'homme est toujours dangereux, m'a-t-il dit. Ils peuvent nous faire beaucoup de mal. » Peu après je suis partie avec Lefteris et j'ai raté la suite, qui d'ailleurs m'était indifférente.

Yannis a désormais un nom de famille, c'est heureux, on avance. Même si entre trouver le nom et tenir son propriétaire, il peut se passer un temps infini.

— Merci, madame. Je n'ai pas d'autres questions.

— J'espère que vous arrêterez l'assassin, monsieur le commissaire. Mais cela ne changera rien à ma vie ni à celle de mon Lefteris.

Ce « mon Lefteris », c'est la paysanne qui revient.

Tandis que nous quittons la maison Dermiris, idée lumineuse : je sais qui je dois aller voir pour en savoir plus sur Yannis Halatsis.

33

Cette fois-ci, pas besoin de montrer patte blanche à M. Zafiris. Je gagne directement le hall des arrivées où je trouve Kazantzis à sa place devant la même boutique. Il feuillette un vieux magazine posé sur ses genoux. Me voyant, il me salue d'un signe de tête. Je lui fais signe d'approcher.
– Monsieur Kazantzis, connaissez-vous Yannis Halatsis ?
– Yannis ? Mais bien sûr ! Évidemment, cela fait longtemps que je ne l'ai pas vu. Depuis que je suis sans abri, j'ai changé de fréquentations.
Il sourit amèrement.
– Vous savez où il habite ?
– À Petroupoli, dans une vieille maison, rue Plapoutsa. Je ne connais pas le numéro.
– Monsieur Kazantzis, je dois vous poser d'urgence quelques questions, mais pas ici. Je vais vous demander de m'accompagner à mon bureau, à la Sûreté. Ne craignez rien, je vais pas vous arrêter. Je veux seulement que nous puissions nous parler tranquillement.
Il hésite, mais il doit se dire que s'il refuse je risque de recourir à la force, et il ne veut pas d'ennuis à l'aéroport.
– Je voudrais simplement prévenir Zafiris, dit-il.

Nous montons par l'escalator à l'étage des départs. Zafiris se lève et me serre la main. Kazantzis lui murmure quelque chose à l'oreille. Zafiris a l'air inquiet, je le rassure :

— Ce n'est rien. Une simple formalité.

Nous partons, Dermitzakis au volant et moi derrière à côté de Kazantzis.

— Yannis a des ennuis ? demande-t-il, mal à l'aise.

— Pas pour l'instant. Nous voulons simplement nous assurer qu'il connaissait deux des trois victimes, et lui parler.

— Ce ne serait pas étonnant qu'il les connaisse. Nous sommes tous de la même génération et nous fréquentions tous les mêmes endroits, du moins pendant la Dictature.

Arrivés avenue Alexandras, nous l'emmenons dans mon bureau où je lui offre un café, et je le laisse boire deux gorgées avant de passer aux questions.

— Monsieur Kazantzis, je veux que vous me disiez tout ce que vous savez sur Yannis Halatsis. Je ne cherche pas à en faire un coupable. Je veux seulement avoir de lui une image complète.

— Comment dire, monsieur le commissaire ? Yannis est un malheur ambulant. C'est en partie dans sa tête, en partie à cause des circonstances. À Polytechnique il était l'un des dirigeants du mouvement. Il avait un talent d'organisateur exceptionnel. Tout passait par lui. Il a réussi à s'échapper, mais s'est fait prendre plus tard, chez un ami à Thèbes. Quelqu'un l'a donné, apparemment, mais on n'a jamais su qui. Lui-même, s'il le savait, a préféré se taire. Il est sorti de la police militaire brisé par la torture. Après la Dictature il s'est totalement coupé des autres, comme moi, mais ne s'est pas arrêté là. Il disait tout le temps du mal de ses anciens compagnons, les accusait d'avoir confisqué le pouvoir et de s'en mettre plein les poches. Résultat, il ne s'est fait que des ennemis et n'a trouvé de travail nulle part. Il était ingénieur. On lui fermait toutes les portes, on voulait le forcer à se taire. Il a fini par trouver un emploi en Libye. Il était là-bas quand sa femme s'est mise avec un de ses anciens camarades et l'a plaqué en emmenant leur fils. Yannis a tout laissé en plan pour revenir et la dissuader, mais elle a été inflexible. Elle le traitait d'incapable, de nul. Tous ses amis étaient casés, avec toutes ses relations il aurait pu vivre à l'aise, mais c'était une tête de mule, et elle n'était pas prête à gâcher sa vie et celle de son fils à cause de lui. Le divorce a été le coup de grâce. Il s'est laissé aller. Voilà son histoire.

Une histoire idéale pour perdre les pédales et se mettre à tuer.

– Vous savez ce que sa femme est devenue ?

Il rit.

– Elle a été récompensée de l'avoir quitté. Pour donner une leçon au mari, les autres ont ouvert leurs portes à l'épouse. Elle dirige un organisme, je ne sais pas lequel, et elle est dans toutes les combines.

Kazantzis a suivi de près le parcours de Halatsis. S'il le connaît si bien, il risque de le prévenir à peine sorti de mon bureau, et l'oiseau s'envolera.

– Monsieur Kazantzis, je vais vous demander de rester quelques heures encore chez nous. Ce n'est pas une garde à vue, vous êtes notre invité.

– Qu'est-ce que cela signifie ?

– Parlons franchement. Yannis Halatsis est votre ami. Vous pourriez céder à la tentation de lui faire savoir que nous le recherchons. Mieux vaut que vous restiez chez nous jusqu'à ce que nous le retrouvions.

– Il est donc suspect.

— Disons qu'il détient des éléments précieux et nous ne voulons pas qu'il les détruise. Je vais vous demander votre portable. Nous vous le rendrons quand vous partirez.

— Quel portable, monsieur le commissaire ? Moi, un portable ? J'ai une carte pour téléphoner depuis l'aéroport. Vous pouvez me fouiller si vous voulez.

— Pas la peine, je vous crois.

Je le confie à Dermitzakis qui va l'emmener dans le bureau de mes adjoints.

— Commandez un repas pour monsieur, lui dis-je. C'est la moindre des choses.

Voilà qui tranquillise Kazantzis doublement. D'une part, ce repas prouve qu'il n'est pas détenu, et d'autre part, il va manger à sa faim, ce qui ne doit pas lui arriver tous les jours.

Dès qu'ils sont sortis, j'appelle Stella.

— Dis au directeur que je dois le voir tout de suite. C'est hyperurgent.

Puis j'informe Gonatas.

— Dans deux minutes, chez Guikas. Il y a du nouveau.

— On l'a trouvé ?

— Ça se pourrait. On va voir.

Quand j'arrive, Guikas est debout dans le bureau de Stella.

— Si c'est pour des mauvaises nouvelles, vous pouvez repartir, dit-il à Gonatas et à moi, de l'air d'un homme à bout de nerfs.

— Cette fois elles sont plutôt bonnes, dis-je.

— Alors entrez.

Je leur explique en détail comment nous sommes remontés jusqu'à Yannis Halatsis.

— C'est ce qui arrive d'habitude. Un nom suffit pour que le sac de nœuds se dénoue.

– Selon toi, ce serait lui ?

– Il y a de fortes chances.

Je complète mon rapport avec ce que Kazantzis vient de m'apprendre.

– Je veux un mandat de perquisition pour fouiller chez lui, mais je le veux maintenant. Je retiens Kazantzis pour l'empêcher de prévenir Halatsis, mais je ne peux pas le garder plusieurs jours. Sinon, il faudrait que je l'arrête, et je ne veux pas.

Je donne les coordonnées de Halatsis et Guikas téléphone au procureur de permanence.

– Ce n'était donc pas l'extrême droite, dit Gonatas. Eh non.

Mania a vu juste une fois de plus.

Guikas raccroche avec un large sourire.

– J'ai l'accord du procureur. Il m'enverra le mandat dans l'heure qui vient. Bonne chance !

Ce « bonne chance » qu'il me lance tandis que je quitte son bureau, on l'entend une fois tous les cinq ans, mais dans l'état où il se trouve, il est prêt à allumer un cierge à la Vierge.

Je demande à Papadakis deux voitures, une pour nous et l'autre avec du renfort. Dermitzakis prévient l'Identité judiciaire. Le mandat nous arrive dans la demi-heure.

Pour aller à Petroupoli, logiquement, on passe par les rues Thivas et Perikleous. Itinéraire long et pas simple, malgré la sirène à fond.

Nous demandons la maison de Halatsis à un kiosque à journaux, on nous indique une maison basse à côté d'un groupe scolaire. La maison est sale, l'enduit s'écaille, les volets sont cassés.

L'homme qui nous ouvre doit avoir l'âge des victimes et paraît au moins dix ans de plus. Il porte un pull plein de taches et un pantalon usé. Ses rares cheveux sont blancs.

– Tu es Yannis Halatsis ?
– Oui, que voulez-vous ?
– Monsieur Halatsis, il faut que tu viennes avec nous à la Sûreté pour interrogatoire. Mais d'abord il faut qu'on fouille ta maison. Nous avons un mandat.

Je le lui montre, mais il n'y prête aucune attention.

– Si vous voulez fouiller dans mon bordel, bon courage.

La pièce où nous entrons ensemble a plutôt l'air d'une remise que d'une habitation. Des cartons et des livres sont entassés par terre. Les techniciens de l'Identité judiciaire commencent à fouiller, secondés par Papadakis et Dermitzakis. Les cartons débordent de papiers manuscrits, dactylographiés ou imprimés à l'ordinateur.

Halatsis est très calme. Assis dans l'unique fauteuil tout déglingué, il semble s'amuser.

– La flicaille dans ses œuvres !

Il rit.

Je m'occupe de son bureau. Bizarrement, ses tiroirs sont vides. Il lui était plus simple de tout jeter par terre ou sur le bureau, qui est jonché de papiers. Je rassemble le tout pour l'envoyer au labo avec le reste. Reste un coffret gravé plein de notes, de gommes et de trombones. Au fond, deux clés attachées.

– Elles ouvrent quoi, ces clés ?

Il hausse les épaules.

– Aucune idée. Elles sont là depuis je ne sais quand. Elles viennent de mes parents peut-être. Les miennes sont dans ma poche.

Il en sort un trousseau qu'il me tend.

Je mets les deux trousseaux dans ma poche. Le reste

de la fouille dure une heure et ne donne rien. L'arme du crime ne se trouve nulle part.

– Monsieur Halatsis, tu vas venir avec nous à la Sûreté pour interrogatoire.

– J'ai pas eu peur des gars de la police militaire, c'est pas des gonzesses comme vous qui me ferez trembler. Allons-y.

Et il se lève sans résistance.

Halatsis monte à l'arrière avec moi. J'appelle Koula et lui dis de laisser partir Kazantzis. Je prononce exprès son nom pour voir la réaction de Halatsis. Il regarde la rue à travers la vitre, indifférent, comme s'il n'avait pas entendu.

34

Je juge bon d'interroger Halatsis selon les règles. Je l'emmène dans le bureau des interrogatoires, et non dans le mien. J'espère que ce côté officiel le mettra mal à l'aise au point qu'« il s'enferre dans ses contradictions », comme dit la langue officielle, autrement dit qu'il boive la tasse. J'emmène aussi Koula, son ordinateur sous le bras, pour enregistrer la déposition.

Halatsis nous observe avec intérêt et même amusement, semble-t-il.

– Bref retour à la démocratie, n'est-ce pas ? dit-il tandis que Koula branche l'ordi.

– C'est maintenant que tu t'en aperçois ? dis-je, étonné.

– Ici, tout est impeccable. Quand on m'interrogeait à la police militaire, il n'y avait ni ordinateurs ni dépositions officielles. Il y avait les coups et la torture, jusqu'au moment où tu crachais le morceau.

– Tu es passé par la police militaire ?

– Ils m'ont hébergé pendant trois mois.

– Comme Demertzis, dis-je, saisissant la balle au bond.

– Et beaucoup d'autres, répond-il avec indifférence. Mais tous n'ont pas reçu le même accueil.

Je sens que c'est le moment de poser la première vraie question.

— Pourquoi les as-tu fait chanter, monsieur Halatsis ?
— Qui ?
— Demertzis et Lepeniotis. Et Theoloyis, le prof de droit, éventuellement.
— Ce sont eux qui te l'ont dit ?
— Non, j'ai fait leur connaissance après leur mort. Mais la femme de Demertzis m'a confié qu'après tes appels il était dans tous ses états. Et la femme de Lepeniotis m'a raconté la même chose.

Voilà qui semble le réjouir.

— Dans tous leurs états... Je ne les voyais pas, mais je pouvais l'imaginer.
— C'était quoi, comme chantage ?

Il se raidit brusquement.

— Pourquoi je te le dirais à toi, flicaille ? Ces types de ma génération étaient des merdes, d'accord, mais pas des flics.

Je me rends compte que Halatsis perd les pédales. Il n'y a sans doute pas de quoi l'enfermer, mais ses brusques sautes d'humeur sont proches de la démence.

— Tu as peut-être raison, dis-je d'un ton amical, mais il y a une différence.
— Ah bon ? Je t'écoute.
— Nous les flics, nous sommes prévisibles. On nous trouve là où l'on nous attend. Alors que vous autres, vous avez commencé par de beaux discours avant de sombrer dans la merde.
— C'est juste, s'écrie-t-il. C'est juste. Tu m'as mouché, monsieur le flic.
— Qu'est-ce qu'ils t'ont fait ? Ils ont dû te faire des choses pour que tu les harcèles.
— Ils s'acharnaient sur moi. Je ne pouvais pas conser-

ver un boulot. Ils allaient voir mon nouvel employeur et le menaçaient de le mettre sur la liste noire lui aussi s'ils me gardaient, et j'étais viré.

— Mais qu'est-ce que tu leur avais fait ?

— Je leur ai mis le nez dans leur merde. En appuyant bien.

L'expression lui plaît, il répète :

— En appuyant bien. Je leur ai dit, vous êtes califes à la place du calife ! Vous avez chassé les Colonels pour vous installer à leur place ! Califes à la place du calife, je vous dis !

— Et c'est pour ça qu'ils t'ont persécuté ?

— Je refusais de fermer ma gueule. Je n'arrêtais pas de les incendier. Quand ma femme et mon fils m'ont quitté, j'ai compris qu'aligner les paroles en l'air ne menait à rien. Il fallait avoir des preuves. Et comme j'étais sûr de ne pas retrouver de boulot, j'ai changé de métier.

— C'est-à-dire ?

— Je me suis spécialisé dans la collecte d'infos, dit-il avec une évidente fierté. Je faisais des petits boulots pour survivre et je passais le reste de mon temps à rassembler des infos. Sur les trois cartons que vous avez emportés, deux sont pleins de révélations sur tous ces types. Vous allez en baver pour lire tout ça.

Nouveaux éclats de rire. Le rire d'un homme qui se croit invulnérable et pense tenir le destin des autres entre ses mains.

— Quand j'ai eu de quoi les coincer tous, j'ai recommencé à leur téléphoner. Comme je m'étais tenu à carreau, ils se croyaient débarrassés. Mais quand j'ai sorti mes infos, ils ont été pris de panique.

— Sur Demertzis, tu avais quoi ?

— Demertzis m'a balancé à la police militaire. Nous

avions tout fait ensemble, études, action militante, occupation de Polytechnique. Il savait tout sur moi. Tu connais Petrakos ?

– J'ai parlé avec lui deux fois.

– Petrakos ! Directeur financier de la boîte ! Où a-t-il étudié la finance ? À la London School of Economics ?

Puis, retrouvant soudain son sérieux :

– Réveille-toi, pauvre flic. C'était un tortionnaire. C'est à lui que Demertzis a donné mon nom et beaucoup d'autres. À la chute de la Dictature, ils se tenaient mutuellement. Demertzis savait que l'autre avait torturé et Petrakos savait que l'autre avait donné ses camarades. Alors ils se sont arrangés. Tu me laisses mon auréole de martyr et j'efface ton étiquette de bourreau. Quant au grand défenseur des travailleurs, Lepeniotis, tu trouveras dans un carton la liste des sociétés fantômes qu'il a créées avec ses potes pour se partager les aides européennes. Il se servait le premier et les autres cherchaient les restes dans la poubelle, comme font les chômeurs aujourd'hui.

– Mais enfin, toutes ces infos, pourquoi ne pas les rendre publiques ? Les journalistes auraient fait de toi un saint.

Il se lève, hors de lui.

– Qu'est-ce que tu me dis là, sale flic ? Moi, une balance ? J'ai jamais balancé personne, même en trois mois de torture, tu crois que je vais commencer maintenant ?

Koula, qui a cessé de taper, nous regarde l'un et l'autre, puis se concentre sur Halatsis. Il semble avoir décollé une fois de plus.

– Finalement, on ne peut pas discuter avec les flics. Je perds mon temps avec toi.

Il va vers la porte.

– Malheureusement, tu ne peux pas t'en aller, monsieur Halatsis, dis-je amicalement. C'est moi qui décide quand tu partiras.

Il lui faut quelques secondes pour atterrir. Il se rassoit. Je lui laisse encore un peu de temps pour se calmer.

– Il aurait mieux valu pour tout le monde que tu révèles tout. Au lieu de les balancer, tu as préféré les tuer.

– Moi, les tuer ? Tu te sens bien ? Tu veux me coller trois meurtres sur le dos ? Comment j'aurais fait ? Vous avez fouillé partout chez moi, vous avez trouvé une arme ?

Avant que j'aie eu le temps de répondre, Papadakis apparaît à la porte.

– Je peux vous voir un instant, monsieur le commissaire ?

Je sors avec lui.

– Qu'est-ce qui se passe ?

– Nous avons une dame dans notre bureau, qui dit être la femme de Halatsis, et qui fait un foin pas possible.

– Reste avec Halatsis, je vais voir ce qu'elle veut.

Je me retrouve devant une grande quinquagénaire en pantalon, bottes et manteau de luxe. Elle a un écouteur à l'oreille gauche, son portable dans sa main droite et parle dans le micro qu'elle tient de l'autre main devant sa bouche. Dès qu'elle me voit, elle dit « Je te rappelle » et raccroche.

– Vous êtes le commissaire Charitos ?
– Oui.
– Lilian Rouvi, épouse de Yannis Halatsis.
– Il ressort de l'enquête, dis-je tranquillement, que vous avez divorcé de M. Halatsis il y a des années.
– Aucune importance. Je continue de m'intéresser

à lui, et je ne permettrai pas que vous mettiez trois meurtres sur le dos d'un innocent, qui a souffert mille morts dans sa vie, sous prétexte que vous êtes incapables et lui sans défense. Soyez sûr que j'ai les moyens de l'empêcher.

Dermitzakis l'écoute bouche bée. La Rouvi tapote un numéro et commence à parler, tenant le micro devant sa bouche.

— C'est encore moi. Appelle, s'il te plaît, le secrétaire général et dis-lui de contacter le supérieur de Charitos, quel qu'il soit, pour qu'il fasse libérer Yannis tout de suite... Non, laisse tomber le ministre. C'est un intérimaire, il n'y connaît rien. C'est le secrétaire général qui a le pouvoir. S'il le faut préviens-moi, j'appellerai Vaïos, le conseiller du Premier ministre sortant, pour qu'il intervienne. Yannis doit sortir de là vite fait.

Elle raccroche et me regarde, satisfaite.

— Dans une heure au plus, vous l'aurez libéré.

J'essaie de garder mon sang-froid.

— Pourquoi tous ces efforts ? Pour votre ancien mari ?

— Oui, et pour éviter qu'on tourmente inutilement un innocent. Yannis ne ferait pas de mal à une mouche.

— D'abord, Yannis Halatsis n'est accusé de rien. Il n'est même pas détenu. Nous l'interrogeons. Quant à vous, ce n'est pas votre ancien mari que vous défendez.

— Alors qui donc ? dit-elle, arrogante.

— Votre fils, qui porte le même nom que son père. Si Halatsis est condamné, il deviendra le fils d'un assassin. C'est cela qui vous tourmente.

Avant qu'elle puisse répondre, le téléphone sonne.

— C'est Dimitriou, monsieur le commissaire, dit Dermitzakis.

— Nous avons examiné le portable de Halatsis, dit Dimitriou. Il a souvent appelé les trois victimes.

– Je le sais, et il ne le nie pas.
– Il y a aussi une série d'appels reçus depuis un poste fixe.
– Vous avez localisé le poste ?
– Oui.
– Une cabine ?
– Non. La prison de Korydallos.

Voilà bien la seule chose que je n'avais pas imaginée : que Halatsis puisse connaître Kyriakos Demertzis. Du coup une idée me vient. Je mets la main dans la poche de mon veston. Les clés que j'avais trouvées sur le bureau de Halatsis, dans un coffret, sont toujours là.

– Dermitzakis, envoie Halatsis en cellule et appelle une voiture.
– J'exige des explications, s'écrie Lilian Rouvi.
– Je ne dois aucune explication à l'ex-épouse. Je n'en dois qu'au fils. S'il veut, il peut venir, avec son avocat de préférence, et je lui donnerai toutes les explications qu'il voudra. Autre chose, pour vous faciliter la tâche. Mon supérieur est le directeur de la Sûreté, Nikolaos Guikas. Son bureau se trouve au cinquième étage. Vous pouvez aller vous plaindre à lui directement.

Et là-dessus je quitte le bureau de mes adjoints.

35

Normalement, je n'ai pas besoin d'un mandat de perquisition pour entrer chez quelqu'un qui est en préventive pour trafic de drogue. Mais comme l'avocat du détenu se trouve être ma fille, je préfère être couvert, pour que mon enfant n'ait aucun reproche à me faire. Mes scrupules me valent une heure d'attente angoissée.

Enfin, Guikas étant intervenu, nous faisons route vers Koukaki où habite Kyriakos Demertzis. Manque de chance, l'avenue Vassilissis Sofias est fermée à la hauteur de la rue Riyillis.

– Qu'est-ce qui se passe, collègue ? demande Papadakis à l'agent qui se trouve là.

– La panique à Syntagma. L'extrême droite distribue de la nourriture et l'extrême gauche veut les détourner de la philanthropie. Ils sont en train de se cogner dessus.

Papadakis enclenche la sirène, se lance à droite dans les petites rues, tourne plusieurs fois et nous rejoignons par la rue Rizari l'avenue Vassileos Constantinou. La camionnette de l'Identité judiciaire est collée derrière nous.

Demertzis habite un immeuble de quatre étages dans la rue Liakou qui donne dans la rue Dimitrakopoulou. La porte d'en bas s'ouvre avec la deuxième clé. Je pousse un soupir de soulagement. J'ai deviné juste.

L'appartement, au deuxième étage, s'ouvre avec l'autre clé. Il n'a pas encore perdu son allure de logis d'étudiant. Le séjour fait office de bureau, avec un ordinateur, une imprimante, deux bibliothèques et des piles de livres adossées aux murs. En face du bureau, une petite télévision. Le seul autre meuble est un canapé à trois places.

– Un deux-pièces, ce sera vite fait, dit Dimitriou.

Je décide de m'occuper du bureau. Chez Halatsis j'ai eu de la chance, mais cette fois ce n'est pas le cas. Dans les tiroirs je ne trouve que du papier d'impression, des cartouches d'encre et des logiciels sur CD.

– Monsieur le commissaire, crie Dimitriou, vous venez voir dans la chambre ?

Il a ouvert les tiroirs de l'armoire. Dans le deuxième, caché par les sous-vêtements, le pistolet avec son silencieux.

– Bingo, dit Dermitzakis.

– Attends de voir si c'est bien celui-là, lui dit Papadakis.

– Aucun doute, leur dis-je. Halatsis avait les clés de Demertzis et après chaque meurtre il cachait l'arme ici.

– C'est le même calibre en tout cas, remarque Dimitriou.

– Le fils Demertzis était donc dans le coup ? s'étonne Dermitzakis.

– Depuis le début, dis-je, quelque chose ne collait pas : comment un garçon intelligent, éduqué, pouvait-il se mettre à dealer, et de façon assez maladroite pour se faire choper tout de suite ? Maintenant je comprends la combine. Il l'a fait exprès pour aller en prison et organiser depuis là-bas les meurtres, avec Halatsis comme exécutant et un alibi parfait pour lui-même.

– On va jeter un œil à la cuisine, dit Dimitriou, mais je ne m'attends pas à trouver grand-chose.

Mon moral en prend un coup : Kyriakos Demertzis m'est très sympathique et cela ne m'est guère facile de l'envoyer à l'ombre comme complice d'un triple meurtre. Je pense également à la déception de Katérina.

La voix de Dimitriou m'arrache à mes sombres pensées.

– Venez dans la cuisine, monsieur le commissaire.

Une autre surprise nous attend : sur l'étagère des verres nous trouvons deux portables, semblables à ceux qui ont sonné sur le corps des victimes.

– Examine-les, dis-je à Dimitriou, mais je pense qu'ils sont vides. Ils devaient être en réserve, au cas où.

Je demande à Dermitzakis d'annoncer à la prison que je souhaite interroger Kyriakos Demertzis. Puis, n'ayant plus rien à faire ici, nous laissons l'Identité judiciaire faire son boulot.

Pendant tout le trajet mes pensées me harcèlent. Kyriakos et Halatsis ont-ils agi seuls ? Si les trois victimes ont été tuées quand leurs enfants étaient loin, est-ce un hasard ?

Le directeur de la prison, nous voyant arriver tous les trois, nous jette un regard inquiet.

– Que se passe-t-il ?

– Le seul gagnant dans l'affaire, ce sera vous, monsieur le directeur, j'en ai peur.

– Pourquoi ?

– Vous allez probablement garder Demertzis, qui va donner des cours aux jeunes détenus pendant des années.

Il va chercher le jeune homme et je renvoie mes adjoints, voulant parler à Kyriakos seul à seul.

Deux minutes plus tard il se pointe, souriant comme toujours.

— Bonjour, monsieur le commissaire. Quoi de neuf ?
— Pourquoi faut-il qu'il y ait du neuf ?

Je me demande s'il n'aurait pas appris l'arrestation de Halatsis.

— Quand vous venez il y en a toujours.

Il s'assoit face à moi, sur la deuxième chaise devant le bureau du directeur. Je sors un papier de ma poche et le pose devant lui.

— C'est un mandat de perquisition. Nous avons fouillé chez toi aujourd'hui, en respectant les formes.

Il regarde le mandat, puis me regarde, sans rien dire.

— Nous avons trouvé l'arme du crime. Plus deux portables identiques à ceux des messages trouvés sur les victimes. Je suppose qu'ils étaient là en réserve.

Il me regarde et ne dit rien.

— Ce sont tes appels à Halatsis depuis la prison qui t'ont trahi. Quand j'ai vu qu'ils venaient d'ici, j'ai compris tout de suite qui était son contact.

— Je prenais un risque, je le savais, répond-il calmement. Mais Yannis a beaucoup souffert, il y a laissé son équilibre psychologique. Il faut sans cesse le tranquilliser et le soutenir.

— Comment l'as-tu connu ?

— Cela vient de lui. Je ne sais pas comment il a trouvé mon numéro, mais il m'a appelé un jour pour me dire qu'il connaissait mon père depuis longtemps et qu'il voulait qu'on discute. Il m'a prévenu qu'il ne venait pas en ami, mais en ennemi de mon père, ce qui a éveillé ma curiosité. Il voulait se venger de mon père en passant par moi. Il pensait me révéler que mon père l'avait trahi, que ses histoires héroïques n'étaient que du baratin. Ce qu'il ignorait, c'est que je n'avais ni respect ni amour pour mon père. Que je le jugeais, au contraire, capable du pire. J'étais persuadé depuis longtemps que sa génération devait payer pour le mal qu'elle avait fait. Elle a gagné et tous les autres ont payé. Connaître Yannis m'a aidé à mettre au point mon projet. Il pensait la même chose que moi. Et voilà comment tout a commencé.

— Maintenant je comprends pourquoi tu as joué les dealers. La prison était un alibi en or.

Il sourit, l'air serein.

— Vous savez tout, monsieur le commissaire. Vous avez trouvé l'arme. Il n'y a plus rien à dire.

— Erreur. Tout n'est pas dit. Je veux savoir qui d'autre était dans le coup, à part vous deux.

— Personne.

— Tu te moques de moi, Kyriakos. Réussir de tels coups à deux, et avec l'un des deux en taule, non, impossible.

— Vous vous trompez.

— Le fait que les enfants des trois victimes avaient tous un alibi, comme par hasard, tu ne trouves pas ça louche ?

— Là, vous avez raison. Nous avons fait en sorte qu'ils soient loin au bon moment. Je ne voulais pas que Loukia et Lefteris soient soupçonnés.

— Mais pourquoi les tuer, ces trois hommes ?

— Dans la merde où se trouve le pays, imaginez que quelqu'un les ait tués pour se venger. L'extrême droite probablement. Ils seraient redevenus des héros, eux qui nous ont déjà suffisamment pris la tête avec leur héroïsme.

Chaque fois que je parle avec lui, je ne peux qu'admirer sa lucidité. Cela me désole de savoir qu'il va moisir entre les quatre murs d'une prison. La faute à qui ? À son père ? Aux circonstances ? Aux passions et aux haines que notre époque fait ressortir ? Va savoir.

– Tout de même, dis-je, il y a autre chose.
– Ah bon ?
– L'assassin avait besoin d'un complice. Il tuait et l'autre appelait le portable laissé sur la victime.
– Yannis a tout fait.
– Tu ne m'as raconté que la moitié.
– Je n'ai rien caché, monsieur le commissaire.
– Non, Kyriakos. C'était un projet collectif. Vous vous estimiez tous victimes du mal fait par vos pères, vous vouliez vous aider l'un l'autre à vous venger d'eux, à vous laver de leurs fautes.

Il m'écoute sans perdre son sang-froid.

– Libre à vous de le penser. Mais vous ne pourrez rien prouver, tout cela c'est dans votre tête.

Je me demande s'il ne vaut pas mieux laisser tomber. N'est-ce pas préférable de laisser libres ceux qui peuvent encore aider, en ces années noires ? Que va-t-on gagner en les enfermant tous ? Ceux qu'ils soutiennent seront abandonnés à la grâce de Dieu. Je m'efforce de faire parler le policier en moi :

– Tu sais que tu vas payer pour tous les autres ? Yannis sera déclaré malade mental, tu t'en doutes.

J'ouvre une parenthèse pour lui raconter ma rencontre avec l'ex de Halatsis. Il rit.

– Yannis souffre encore d'avoir perdu son fils, et celui-ci pérore au Parlement. Il est le sang neuf qui donnera une nouvelle vie à la scène politique – ainsi l'a décidé sa mère.

– Elle fera enfermer son mari chez les fous. Il lui suffit de trouver un psychiatre complaisant. La folie du père lavera le nom du fils.

– C'est l'une des raisons qui m'ont fait m'associer à Yannis. Il ne va pas tarder à perdre complètement la tête. Il vaut mieux qu'il se fasse interner, qu'on le soigne. La Rouvi aura fait une bonne action dans sa vie.

– Et toi, tu prendras tout sur toi ?

– Ça ne changera rien. De toute façon je suis en prison. Et votre fille me défendra. Je n'ai confiance qu'en elle.

Je devrais être fier. Je me sens brisé. Où vais-je trouver le courage de le remettre au juge d'instruction ?

– Pourquoi, Kyriakos ? Pourquoi est-ce toi qui vas tout payer ?

Je n'ai rien trouvé d'autre à lui dire.

– Comme si j'étais le seul... D'autres ont payé bien plus cher, monsieur le commissaire.

Je m'en vais sans savoir quand je le reverrai. J'enverrai Papadakis ou Dermitzakis prendre sa déposition.

Et de nouveau j'essaie de remettre le policier aux commandes. J'appelle Dimitriou et lui demande d'apporter l'arme du crime et les deux portables à la Sûreté.

Lorsque Halatsis entre dans le bureau des interrogatoires, le pistolet et les deux téléphones sont posés sur la table. Il s'arrête, les regarde, puis s'assoit en face de moi.

– Les clés que tu avais dans un coffret sur ton bureau sont celles de Kyriakos Demertzis, lui dis-je. Et voilà ce que nous avons trouvé chez lui.

– D'accord, c'est moi qui les ai tués. Tous les trois. Ils m'avaient tué avant que je les tue. Maintenant nous sommes tous morts.

– On le sait, que tu les as tués. Même si tu n'avouais pas, les preuves que nous avons suffiraient à l'établir. La question, c'est : qui t'a aidé ?

– Kyriakos, répond-il sans hésiter. Nous avons tout machiné ensemble.

– Allons, monsieur Halatsis. Tu les aurais tués, puis actionné le portable laissé sur eux, en étant seul ?

Le ressort qu'il a dans la tête le fait se lever d'un bond.

– Tu me crois incapable de faire un truc aussi simple, sale flic ? J'ai réussi des choses inouïes dans ma vie, et je ne pourrais pas faire un truc aussi simple ?

– Alors explique-moi comment.

Il éclate de rire comme s'il se rappelait quelque chose de drôle.

– Je les tuais presque à bout portant. Tu sais, quand j'ai dit à Demertzis que j'avais de quoi démolir son image de résistant et que je lui ai donné rendez-vous au stade olympique de Paleo Faliro, il est venu en courant pour sauver sa peau.

– Ensuite ?

– Après l'avoir tué, j'ai mis le portable dans sa poche.

– Et après ?

– Je me suis caché et j'ai attendu de voir débouler la flicaille.

– Avec l'arme du crime dans la poche ?

– Oui.

– Là, ça ne va plus. Je ne crois pas que tu puisses être assez nul pour attendre la police avec un flingue dans ta poche. Si tu t'étais fait pincer, tu n'aurais pas pu tuer les deux autres. Ce risque-là, tu ne l'aurais pas pris.

– Je suis plus malin que vous, s'écrie-t-il. Que vous et que la police militaire. Ça, vous ne pouvez pas le supporter, et c'est pour ça que vous me torturez. Injustement, comme toujours.

– Et l'autre appel ?

– Quel autre appel ?

– À la Sûreté, pour nous prévenir. Qui s'en est chargé ?

– Moi. Depuis une cabine. Je vous appelais d'abord, et ensuite je prenais le bus. Je rentrais chez moi en bus.

Il rit de nouveau, très content de lui.

Je m'inquiète soudain : si j'insiste, il pourrait péter les plombs pour de bon.

– C'est bon, dis-je. On en reparlera.

Il est décidé à tenir jusqu'au bout la promesse faite à Kyriakos : ne rien dire. Je pourrais l'interroger à nouveau, je ne crois pas que je lui arracherais le nom du complice. Au fond, quelle importance ? Officiellement, les trois meurtres sont élucidés.

36

– Pas question ! s'écrie Katérina. Pas question que je me charge de défendre Kyriakos. C'est un pénaliste expérimenté qu'il lui faut.

Nous sommes tous à table, les quatre de la famille et Zissis, en train de manger les légumes farcis d'Adriani.

Yannis Halatsis et Kyriakos seront déférés demain devant le juge d'instruction. L'enquête est close officiellement. Je continue d'avoir mes doutes, de penser que l'entourage de Kyriakos Demertzis a été impliqué, mais je n'en fais part à personne. Ni à Guikas et Gonatas, ni à la famille.

Guikas se frotte les mains. Les aveux des deux coupables lui suffisent pour faire ses déclarations, il ne s'embarrasse pas de détails superflus. Le seul à se poser des questions, c'est Gonatas.

– Tu crois que ces deux-là ont agi seuls ? m'a-t-il demandé quand nous sommes sortis du bureau de Guikas. Pas de complices ? Moi, ça me paraît louche.

– Même s'ils en avaient, on ne peut pas le prouver, à partir du moment où les deux coupables prennent tout sur eux. Les enfants des deux autres victimes étaient loin, qui d'autre soupçonner ?

Il n'a pas insisté.

Adriani, Phanis et Zissis mangent en silence. Katérina et moi échangeons un regard.

– Demertzis a besoin d'un bon pénaliste, dis-je, mais toi aussi tu t'occupes de droit pénal, quand tu défends tes toxicomanes.

– Mais moi je ne suis pas spécialiste des meurtres, papa.

– Justement, ma fille, dit Adriani, c'est une occasion d'apprendre. Pourquoi la gâcher ?

– Maman, tu vois partout des occasions pour ta fille. Mais si demain je me plante, j'aurai tout gâché une fois pour toutes. Je ne veux pas qu'on dise que Demertzis a payé l'inexpérience de son avocate.

– Et moi, je crois en toi. Tu peux y arriver, insiste sa mère.

– Ce qu'il faut, c'est que les juges et les jurés me croient. Et là, j'ai peur.

Je ne lui dis pas combien je souhaite qu'elle défende Kyriakos. Pas tellement à cause de l'occasion. Elle en aura d'autres. Mais Kyriakos a confiance en elle et il n'y a qu'elle, sans doute, qui puisse le comprendre.

– Et Halatsis ? Que va-t-il devenir ? me demande Phanis.

– Pour lui, c'est plus simple. Son fils va lui trouver une star du barreau et une star de la psychiatrie, et ils le feront hospitaliser pour cause de maladie mentale.

– Tu comprends ? lui dit Katérina. Tout va retomber sur Kyriakos et il va trinquer à cause de moi. Pas question.

Zissis s'arrête de manger.

– Tu es avocate et par conséquent tu sais qu'il ne peut pas s'en tirer à bon compte. Si l'assassin était condamné normalement, il aurait une petite chance de voir sa peine réduite. Mais si l'assassin est déclaré irresponsable, c'est lui qu'on va briser, pour satisfaire l'opinion publique.

— Tu as raison, mon oncle.

— Et dans ce cas, ce dont il a besoin, ce n'est pas un ténor du barreau, mais un avocat qui se souciera de lui, qui croira en lui. De toute façon, sa condamnation est assurée. Mais le soutien de l'avocat ne s'arrête pas au tribunal. Le grand pénaliste le laissera tomber après le procès. Toi, tu seras toujours à ses côtés. Voilà ce dont il a besoin. Je te parle d'expérience. Tu sais combien j'ai eu de procès. À chaque fois je savais quelle serait ma peine et je ne me trompais jamais. Voilà pourquoi je voulais avoir un avocat qui comprenne pourquoi j'avais fait ce que j'avais fait. Kyriakos a besoin de la même chose. Voilà pourquoi tu dois le défendre.

Je comprends pour la première fois la différence entre Lambros Zissis et moi. Elle n'est pas politique ou idéologique. Nous attendions tous deux un rendez-vous avec l'Histoire, chacun dans son coin, mais puisque le rendez-vous a foiré, pour nous deux et pour la Grèce, nous nous sommes parlé et nous sommes trouvés. La différence est que Zissis formule bien mieux ce que je pense, mais que je n'arrive pas à exprimer.

— C'est bien ça que je crains, mon oncle : ne pas pouvoir le soutenir assez. Et je ne veux pas le faire souffrir davantage. Kyriakos est un garçon remarquable et il ne mérite pas de souffrir.

— Tu es à deux doigts de tomber amoureuse de lui, dit Phanis calmement.

Adriani et moi lui jetons un regard étonné, mais il continue de manger sa tomate farcie.

— Tu es jaloux ? demande Katérina. C'est la première fois depuis tant d'années.

— Je dis la même chose que l'oncle Lambros, en

allant juste un peu plus loin. Tes sentiments lui feront du bien, à ce garçon.

– Eh bien je vais le défendre, uniquement pour te rendre jaloux.

– J'ai une confiance illimitée en mon charme, répond Phanis.

Et tout le monde rit.

Postface

LA TRILOGIE DE LA CRISE *(suite et fin)*

Ça va de mal en pis. La crise qui démolit la Grèce n'en finit pas. *Liquidations à la grecque, Le Justicier d'Athènes* et *Pain, Éducation, Liberté,* trois volumes qui se suivent mais peuvent être lus séparément, sont les étapes d'une descente aux enfers. Nous sommes en janvier 2014, la Grèce quitte l'euro pour la drachme et l'on pressent que cela ne va rien arranger. La vie quotidienne devient de plus en plus difficile et angoissante pour les acteurs de cette nouvelle histoire : le commissaire Charitos, sa famille, ses collègues, ses compatriotes en général, sans oublier les immigrés qu'il rencontre au cours de l'enquête.

Le pauvre commissaire, une fois de plus englué dans les éternels embouteillages d'Athènes, erre dans ce grand labyrinthe à la recherche d'indices qui le fuient. Après avoir vu mourir assassinés les requins de la finance nationale et internationale, puis les fraudeurs fiscaux, il est cette fois confronté à des victimes plus inattendues : la *génération de Polytechnique.*

En 1973, pendant la dictature des Colonels, des étudiants insurgés ont pris d'assaut l'École polytechnique, au cœur d'Athènes. Leur slogan, leur emblème : « Pain, éducation, liberté. » Ils ont été violemment délogés par l'armée, emprisonnés, torturés. Mais l'année suivante, dès la fin de la Dictature, les jeunes héros, s'emparant des meilleurs postes, se sont installés aux commandes du pays ; se sont embourgeoisés ; ont peu à peu trahi leurs idéaux, certains devenant de franches crapules. Au point de mériter qu'on les tue, vraiment ?

Il y a deux enquêteurs dans les polars de Markaris : le commissaire Charitos, mais aussi l'auteur lui-même, qui explore tous les étages et les recoins de la société grecque d'aujourd'hui. Il nous montre tout, richesse de certains, misère ou pauvreté des autres, la débrouille et les magouilles, la violence qui monte ; tout en alignant les péripéties comme il se doit, il nous explique la crise avec une précision cruelle. Et si en 2014 la Grèce n'a pas abandonné l'euro comme l'imagine ici Markaris, ce livre écrit en 2012, plus d'un an avant les faits qu'il relate, n'en est pas moins une photographie et une radiographie étonnamment fidèles de la réalité grecque d'aujourd'hui.

Si le tableau est si juste, c'est qu'il s'avère somme toute nuancé : l'amertume et la colère sont tempérées par un humour discret, par une compassion sans relâche – Charitos comprend bien, parfois même trop bien, les criminels qu'il pourchasse et qui d'ailleurs ne sont pas toujours antipathiques... Alors que tout au long de la *Trilogie de la crise*, en revanche, on se surprend à penser que les victimes, de francs salauds, ne l'ont pas volé.

Curieux livre. En même temps que le pays se noie, qu'une génération entière étale sa pourriture, que la folie s'insinue dans certaines cervelles et dans un pays tout entier, certains en dépit de tout luttent pour s'en sortir – les jeunes surtout. Une bonne partie du livre décrit les efforts d'une poignée de courageux pour aider ceux qui n'ont plus rien, et leurs humbles réussites. C'est à cause d'eux que dans *Pain, Éducation, Liberté,* désespoir et espoir, malgré tout, vaille que vaille, marchent ensemble.

M. V.

Michel Volkovitch a traduit plus d'une centaine de poètes grecs, une vingtaine de prosateurs et quelques auteurs dramatiques. Il a également publié huit ouvrages personnels et anime un site partiellement consacré à la Grèce, www.volkovitch.com.

RÉALISATION : NORD COMPO À VILLENEUVE-D'ASCQ
IMPRESSION : CPI
DÉPÔT LÉGAL : MARS 2015. N° 123464-2 (2017382)
IMPRIMÉ EN FRANCE

ÉGALEMENT CHEZ POINTS POLICIER

Liquidations à la grecque
Petros Markaris

À Athènes, plusieurs membres de l'élite financière sont décapités, et l'assassin couvre la ville de tracts exhortant les Grecs à ne pas payer leur dette aux banques. Le pays s'enfonce dans la crise : les salaires fondent, les commerçants ruinés se défenestrent... Le commissaire Charitos doit au plus vite confondre ce « Robin des banques », que la population exaspérée commence à prendre en sympathie.

« Derrière une parfaite maîtrise
de l'art de l'intrigue, Markaris brosse
le portrait de la société grecque
dans la tourmente. »

Le Point

ÉGALEMENT CHEZ POINTS POLICIER

Deux Veuves pour un testament
Donna Leon

Automne ensoleillé à Venise. Brunetti ferait bien l'école buissonnière. Mais pas de répit pour le commissaire, une vieille dame est retrouvée morte à son domicile. Verdict du légiste : crise cardiaque. Brunetti est sceptique : et si quelque chose leur échappait ? La victime, veuve dévouée aux personnes âgées et aux femmes battues, était une personne secrète. Peut-être trop pour être honnête...

« Donna Leon nous offre une nouvelle plongée glaçante en eaux troubles. On ne se lassera décidément jamais des morts à Venise. »
Madame Figaro